Johann Scheucher

Kommen & Gehen

Eine Familiensaga…

2011

Literaris Verlag, Anton Wilflinger, A-8614 Breitenau,
www.literarisverlag.at

Druck: Druckerei Scharmer, 8330 Feldbach,
Europastraße 42, Tel. 03152 / 2318

ISBN 978-3-902714-09-1

Inhalt

Vorwort 8
Zum Geleit 10
Auf Kur 12
Josef 17
Juliana 20
Nachwuchs 25
Die erste Liebe 27
Seppl als Soldat 29
Wieder in der Heimat 32
Die Heirat 35
Kommen und Gehen 41
Die zweite Mutter 49
Die dritte Mutter 53
Vater August 59
Die Hochzeit 64
Wieder Krieg 66
Das Ansuchen 68
Der Kompanieführer 72
Besuch am frühen Morgen 73
Die Flucht 76
Der bange Weg nach Hause 79
Wieder daheim 83
Kriegswunden 85
Aufbruchstimmung 87
Der Magerseppl 89
Auf der Stör 92
Meister und Geselle 97
Von Herz zu Herz 99

Alle Jahre wieder 103
Schuster bleib bei deinen Leisten 107
Der Meister als Taglöhner 110
In Rente...113
Zum Autor..118

Vorwort

Es bedurfte einer langen Überlegung. „Kommen und Gehen“, ist das wirklich ein Titel für einen Roman? Ist es nicht alltäglich, dass Menschen kommen und gehen? Naturgesetze oder höhere Mächte bestimmen „Werden und Vergehen“. Seit es die Menschheit gibt, wird versucht, dieses Kommen und Gehen zu steuern oder zu beeinflussen. Doch solche Versuche waren zum Scheitern verurteilt. Warum also ein Buch über solche Tatsachen schreiben?

Ein Stück Zeitgeschichte will ich der Nachwelt hinterlassen: wie sich eine Familie allen Schicksalsschlägen zum Trotz durch harte Zeiten kämpft.

Die Erzählung beginnt in der Kaiserzeit, in der Monarchie Österreich-Ungarn. Mein verstorbener Bruder hat neben anderen Publikationen das Buch „Der letzte Schuhmacher erzählt“ herausgebracht. Dieses Werk ist mittlerweile vergriffen. Franz ist um ein Jahrzehnt älter als ich und weiß natürlich viel zu erzählen. Ausschnitte aus seinen Erinnerungen finden sich nun in diesem Buch wieder.

Ich hoffe, dass ich mit diesem Buch einen Einblick in ein Familienleben vergangener Zeit geben kann.

Im Herbst 2011

THERAPIE
P
ZUFAHRT

Zum Geleit

Mit schöner Regelmäßigkeit, alle ein bis zwei Jahre, bringt Hans Scheucher ein Buch heraus. Um den Nationalfeiertag erfolgt dann jeweils die Präsentation. Der Stainzer Singkreis umrahmt die Veranstaltung, Verwandte, Bekannte und Freunde sind anwesend. Hans Scheucher füllt jedes Mal das Haus der Vulkane bei seinen Lesungen.

Wie der Nationalfeiertag untrennbar mit der Geschichte Österreichs verbunden ist, so kann man die Erzählungen von Hans Scheucher auch nicht von unserer Gemeinde Stainz bei Straden in der Region des „Steirisches Vulkanlandes“ trennen. Besondere Menschen und deren Lebensweise werden anschaulich beschrieben.

„Jetzt beginnt der Hans an seiner Biografie zu schreiben“, fällt mir ein, wenn ich die ersten Zeilen des neuen Büchleins lese. Themen aus seiner Kindheit, eingebettet in das Leben seines allzu früh verstorbenen Bruders Franz, nähren diese Theorie. Hans kommt als Kleinkind in diesen Erzählungen vor.

Hans Scheucher ist Jahrgang 1943. Manche seiner Erlebnisse hat er in seinen bisherigen Büchern schon aufgeschrieben. Vieles wartet aber noch, auf Papier gebracht zu werden. Wir freuen uns darauf.

Im Namen der LeserInnen deiner Bücher und im Namen der Gemeinde Stainz bei Straden wünsche ich dir noch viele gute Ideen, die es wert sind, aufgeschrieben zu werden.

Karl Lenz

Bürgermeister von Stainz bei Straden

Auf Kur

Hans sollte auf Kur gehen. Seine Frau hatte diesen Vorschlag gemacht. Sein Kreuz war auch nicht mehr das, was es einmal war. Schließlich war er schon 60 plus. Hans war über den Vorschlag seiner Frau nicht sonderlich begeistert. Hans ist ein Mensch, der nämlich seinen Tagesablauf selbst bestimmen möchte. Bei einem Kuraufenthalt wird schließlich der Tagesablauf vorgegeben, das widerspricht seinen Gewohnheiten. Da seine Frau nicht nachgab, stellte er einen Antrag, in der Hoffnung, dass ohnehin eine Ablehnung kommen würde. Doch dem war nicht so, der Kuraufenthalt wurde bewilligt.

Die Koffer wurden „befüllt“, zu viel Wäsche, meinte Hans, doch Frauen denken anders und an alles. „Bücher musst du auch mitnehmen, zwischen den Therapien hast du viel Freizeit“, so seine Frau. Hans überlegte, auch ein Notizheft mitzunehmen, denn seine Leidenschaft war das Schreiben. Schließlich ließ er es doch zu Hause, er wollte sich ohne Ablenkung der Kur widmen. Sollte noch Zeit zur Verfügung sein, so hatte er vor, Bekanntschaften zu knüpfen oder Landschaft und Gegend kennen zu lernen.

Der Tag der Abreise, ein Sonntag, war da. Verabschiedung, und los ging es in die „Bucklige Welt“. 105 Kilometer hat das Navi errechnet, auf der Landstraße, auf der Autobahn wären es 113 Kilometer. Hans hat keine rechte Freude, auf der Autobahn zu fahren, ihm geht alles zu schnell. Auch bekommt man von der Landschaft kaum etwas mit, weil man von Bäumen und Sträuchern umgeben ist. Trotz dieser Bedenken entschied er sich für die Autobahn, weil ein Freund ihm dazu riet. Nach einer guten Stunde Fahrzeit war er im Kurort „Bad Schönau", so der Name des Kurortes. Das Haus nannte sich „Landsknechte", mit vier Sternen ausgezeichnet, mit wundervollen Blumenanlagen, eine Pracht.

Es folgte die Anmeldung an der Rezeption. Für das Auto wurde ihm ein Platz in der Tiefgarage zugewiesen. Nachdem Hans sein Zimmer bezogen hatte, machte er einen Rundgang durch die Empfangshalle, hier herrschte ein reges „Kommen und Gehen". Hans musste feststellen, dass hier sehr betagte Gäste, vor allem Frauen, Kur machten. Auch Hunde waren dabei. Letztere waren wohl für die Begleitung allein stehender Frauen zuständig.

Eine Frau, nicht mehr ganz jung, aber auch nicht sehr alt, so um die 60, fiel Hans auf. Sie war nach seinen Begriffen keine besondere Schönheit. Aber sie hatte markante Gesichtszüge, helle Augen, eine interessante Frau, dachte er sich. Diese Frau wollte er kennen lernen. Der Zufall führte, wie so oft im Leben, Regie. Als Hans sein Zimmer verließ, um in den Speisesaal zu gehen, sah er diese Frau, ihr Zimmer war gegenüber dem Zimmer von Hans. Er begrüßte sie gleich als Nachbarin und stellte sich vor. Im Speisesaal wurde die Sitzordnung für die nächsten Wochen eingeteilt. Zuerst wurden die Plätze für Paare vergeben, dann kamen die Singles an die Reihe. Hans hoffte, dass er einen Platz neben dieser Frau bekommen werde, schließlich dauerte die Kur drei Wochen, eine entsprechende Gesprächspartnerin wäre doch sehr nützlich. Die erste Enttäuschung folgte gleich, ihm wurde ein Herr zur Seite gestellt, der aber auch sehr nett war.

Nach dem Abendessen saß Hans an der Theke, auch diese Frau. In der Regel beginnen Gespräche mit dem Wetter, oder in diesem Fall mit den Eindrücken, welche das Abendessen hinterlassen hat. Hans war von Natur her nicht der Mensch, der schnell die richtigen Worte Fremden gegenüber findet. Ein Glas Grüner Veltliner lockerte die Stimmung, so begann Hans zu erzählen.

Von seiner Großfamilie, deren Spuren er bis zur Monarchie Österreich-Ungarn zurückverfolgen könne, von seiner Leidenschaft, dem Niederschreiben. Sein Gegenüber zeigte sich vorerst etwas geheimnisvoll. Nach und nach erfuhr Hans, dass sie aus Kärnten komme, sie schreibt auch, allerdings auf einer anderen Ebene. Sie schreibt Theaterstücke und Kinderbücher, sie will mit ihren Arbeiten den Kindesmissbrauch aufzeigen und bekämpfen. Sie hatte übrigens auch in Erfahrung gebracht, dass es in der Aula jeden Mittwoch und Freitag einen Tanzabend mit Live-Musik gibt, und sie freue sich schon, mit Hans zu tanzen.

Der Mittwochabend war da. Der Bandleader: „Damenwahl"! Die Kärtnerin steuerte direkt auf den Steirer Hans zu. Die Musik war gut, das Parkett fühlte sich gut an. Nach dem ersten Tanz folgte der zweite. An der Theke wurde auf das Du-Wort angestoßen, natürlich mit dem üblichen Zeremoniell, Helene war ihr Vorname. In den nächsten Tagen trafen sie sich immer wieder beim Warten auf diverse Therapien. Helene sagte in einer sehr bestimmenden Art, wie man es eigentlich nur von Lehrkräften gewohnt ist: „Hans, aus deiner Familiengeschichte musst du ein Buch machen, fang noch heute damit an!" Mit solchen spontanen Aufforderungen hat Hans keine Freude, seine Antwort: „Ich bin in einem Kurhaus, und nicht in einen Schulhaus!"

Es war Freitagabend, es wurde zum Tanz geladen. Hans putzt sich fein heraus, er legt großen Wert auf Kleidung. Seine Frau meint, er sei zu eitel. Mit Sakko und Krawatte betrat er den Tanzsalon mit großen Erwartungen. So sehr Hans auch durch die Menge blickte, Helene sah er nicht. Eine sehr betagte Frau wollte sich seiner erbarmen: „Junger Mann, wollen Sie mir nicht Gesellschaft leisten?" Er setzte sich zu ihr. Sie erzählte aus ihrem ereignisreichen Leben, von ihrem Hund, der ihr alles bedeutet. Doch sie merkte bald, dass Hans kein aufmerksamer Zuhörer war. Immer wieder blickte Hans in den Saal, doch Helene, seine Tanzpartnerin vom Mittwoch, entdeckte er nicht. So ist es im Leben, es herrscht ständig ein „Kommen und Gehen“, meinte sein Gegenüber. Um sein Mauerblümchendasein zu beenden, ging Hans aufs Zimmer, suchte ein Blatt Papier, und begann zu schreiben…

Josef

Josef war der Sohn einer Keuschlerfamilie[1]. Er wuchs mit drei Geschwistern, Alois, Franz und Maria, auf. Das Anwesen befand sich in der Gemeinde Grub II auf einem Hügel. Es hatte die Hausnummer 16. Das war in der damaligen Zeit so üblich, dass die Keuschler die Hanglagen bewohnten. In der Ebene waren Bauern angesiedelt, die Bergrücken wurden von den Kleinbauern bewirtschaftet. In der Ebene war das Wirtschaften einfacher, aber es gab auch viele nasse Flächen, wo nur minderwertiges Gras wuchs. Das Heu daraus wurde an Pferde verfüttert oder man überließ es den Keuschlern, die dafür natürlich „abdienen“ mussten. Josef, Jahrgang 1871, trat die Lehre als Maurer an. Über den Maurerberuf wurde viel gespottet. Diese Berufsgruppe wurde häufig als nicht besonders arbeitsam hingestellt, weil jeder Maurer zumindest zwei Handlanger, „Zuroacher“ genannt, brauchte. Für ihn war diese Lehrstelle dennoch ein Glück. Er musste nicht bei den großen Bauern als Knecht dienen.

Als Arbeitskleidung hatten Maurer einen Schurz aus Jute, der reichte bis zum Boden und hatte die Aufgabe, die übrige Kleidung zu schützen. Als Baumaterial verwendete man das, was die Erde hergab, Lehm, Steine, Ziegel wurden an Ort und

---

[1] Kleinbauernfamilie

Stelle geschlagen oder gebrannt. Die Steine mussten eingerichtet, beklopft werden, um eine halbwegs gerade Mauer zu erhalten. Mancher Maurer brauchte oft einen Tag, um einen Stein mit Hammer und Meißel auszurichten, sehr zum Missfallen des Bauherren.

Manche Berufsgruppen waren von der Bauernschaft dem Spott ausgesetzt. Die Schneider sind mager und klein, die Schuster stinken und die Maurer essen gerne Kraut. Letzteren blieb wohl keine andere Möglichkeit, weil selten Fleisch aufgetischt wurde. Handwerker bekamen allerdings nicht immer den Lohn, der ihnen zustand. In der näheren Umgebung war für Maurer nicht genug Arbeit, so musste Josef in die Stadt Graz. Anders als am Land bekamen die Arbeiter in der Stadt von den Bauherren kein Essen. Im Rucksack musste neben dem Werkzeug auch die Verpflegung für eine Woche Platz haben. Ein Laib Brot, ein Stück Geselchtes und einige Flaschen Most wurden eingepackt. Die Anreise nach Graz, zum Teil zu Fuß, zum Teil mit der Bahn, dauerte schon einen Tag lang. Untergebracht waren die Baraberer[2] in einer Baracke. Das Arbeiten in der Stadt wurde besser bezahlt als am Land. Jene Arbeiter, die eine weite Anreise hatten, bekamen einen Zuschlag, „Trennung“ genannt.

---

[2] Schwerarbeiter

Im Heimathaus musste Josef Platz machen. Sein Bruder Alois verehelichte sich und übernahm die Landwirtschaft. In der näheren Umgebung, in der Nachbarsgemeinde, wurde ein Gehöft zum Verkauf angeboten, das war im Jahr 1895. Ein kleines Wohnhaus mit einem Wirtschaftgebäude. Das Wohnhaus bestand aus drei Räumen, im Wirtschaftgebäude war Platz für eine Kuh und zwei Schweine. Die Gebäude waren sanierungsbedürftig, aber für einen gelernten Maurer war es kein Problem. Ein Weingarten und ein Obstgarten waren auch dabei. Einen Acker bekam Josef als Erbteil. Josef hatte etwas Erspartes, den Rest borgte er sich von der Vorschusskasse[3]. In dieser Gegend gab es mehrere Gehöfte, diese waren einst Teil der Wildoner Herrschaft, die meisten als Winzerhäuser geführt. An den Hängen waren Weingärten ausgepflanzt. Der letzte Besitzer war Johann Suppan. Nachdem dieser sein Vaterhaus in Poppendorf 12 übernommen hatte, verkaufte er die Liegenschaft. Als das dazu übliche Verfahren wie Notarbesuch und Grundbucheintrag erledigt war, stand dem Start in einen neuen Lebensabschnitt nichts mehr im Wege.

[3] Bank

Juliana

Juliane wurde im April 1865 im Süden der Monarchie Österreich-Ungarn, in St. Georgen, geboren. Füchselsdorf[4] hieß das Dorf, in dem sie lebte. Dieses Dorf liegt östlich der Kutschenitza, einem Grenzbach zum heutigen Slowenien. Seit dem Mittelalter bildete der Fluss die Grenze zwischen dem Herzogtum Steiermark und dem Königreich Ungarn. In diesem Ort war für 90 Prozent der Bevölkerung Deutsch die Muttersprache. Die übrigen Sprachen waren Slowenisch und Ungarisch. Die meisten der Dorfleute beherrschten ohnehin mehrere Sprachen. Das Zusammenleben der verschiedenen Volksgruppen funktionierte ohne Probleme. Im Dorf lebten durchwegs Bauern, diese waren wirtschaftlich voneinander abhängig, was ein friedliches Zusammenleben notwendig machte.

Die Eltern von Juliane, Andreas und Theresia Stessel, waren Kleinbauern. Wie es damals üblich war, mussten Kinder schon während der Schulzeit am Hof mitarbeiten. Wenn wichtige Arbeiten wie zum Beispiel die Heuernte bevorstanden, wurde bei der Schulleitung um „Sommerbefreiung“ angesucht. Der Schule entwachsen, fanden die Burschen und Mädchen bei den größeren Bauern meistens einen Arbeitsplatz. Das galt auch für Juliana. Da in der näheren Umgebung keine Stelle als Magd frei war,

---

[4] heute Fiksinci

kam sie in die Steiermark zur Bauernfamilie vulgo Platzer. Es war ein passabler Betrieb, einer der größten in der Gemeinde Hof mit der Hausnummer 42. Ihr Aufgabenbereich war die Küche, „Kuchldirn“. Am selben Hof war auch Karl, der Rossknecht. Auf den Höfen herrschte unter den Dienstleuten eine Hierarchie. Rossknechte standen über dem üblichen Gesinde, jedenfalls bildeten sie es sich ein. Unbestritten ist, dass Pferde bei den Bauern einen großen Stellenwert hatten, denn als Zugtiere waren sie unabkömmlich. Es gab auch ein Sprichwort: „Weibersterbm is koa Verderbm – Rossverreckn mocht an Bauern schreckn!“ Eine Bäuerin war damals scheinbar leichter zu bekommen als ein gutes Pferd. Oft war diese dann auch jünger als die verblichene und brachte außerdem noch ein Erbteil mit.

Rossknechte waren bei ihren Arbeiten eher langsam. Pferde ließen sich bei der Aufnahme ihrer Nahrung auch Zeit, auch beim Pflügen eines Feldes musste öfters Rast gemacht werden. Bei der weiblichen Welt waren diese Burschen besonders begehrt, sie hielten sich gerne im Dunstkreis von Knecht und Ross auf. Schuld daran dürfte ein Mittel, eine Droge sein, die von Zeit zu Zeit eingenommen wurde. Hittrach (Arsenik) nannte man das Mittel. Gewonnen wurde dieses Mittel vom Rauchfang oder aus der Rauchküche, es war das Pech, das sich am Rauchfang angelegt hatte. Dieses Mittel, in kleinen Mengen genossen, führte Mensch und Tier zu Höchstleistungen. Und wer kann Höchstleistungen schon widerstehen? Widerstehen konnte auch Juliane dem Karl nicht, der um sie warb. Sie trafen sich immer wieder, Gelegenheit dazu gab es genug. Wenn Karl am Feld war, wurde sie mit einem kühlen Trunk zu ihm geschickt, oder bei der Stallarbeit blieb für solche Begegnungen Zeit. So kam es, dass aus der Liebschaft Leidenschaft wurde. Die Folge – nach einem Jahr war sie da, die kleine Julerl. Das war im Jahre 1895. An eine Heirat war nicht zu denken, weil Karl als Knecht keine Familie versorgen konnte. Er ging zu einem anderen Bauern in den Dienst. Mutter und Kind durften am Hof bleiben. Das Kind versorgte eine Tante, die am Hof ihr Ausgedinge hatte.

Juliane musste öfters auf einem andern Hof vulgo „Scheibl" aushelfen. Die Bäuerin war kränklich, außerdem war dort eine Baustelle, ein Pferdestall wurde errichtet. Neben dem Gesinde waren auch Maurer und andere Helfer zu versorgen, Juliane musste für diese Leute kochen. So ein Tagwerk begann um sechs Uhr morgens mit dem Frühstück und einem Stamperl Schnaps und endete mit einer Jause bei Sonnenuntergang. Unter den Handwerkern war auch Josef. Wenn auf der Baustelle ein weibliches Wesen auftauchte, wurden gleich Witze gemacht, doch Josef machte da nicht mit. Sein Interesse galt Juliane, der Kuchldirn. Nach der Nachmittags-Jause saßen die Handwerker bei einem Krug Wein beisammen, auch über Juliane wurde gesprochen. Er erfuhr, dass sie ein Kind hat, und dass der Kindesvater die Arbeitsstätte gewechselt habe.

Die Baustelle beim Scheibl war nach einigen Wochen abgeschlossen, doch die Beziehung von Josef und Juliane, die sich während dieser Zeit entwickelte, blieb bestehen. Da Josef bereits ein eigenes Dach über dem Kopf hatte, stand einer Familiengründung nichts im Wege. Er machte Juliane einen Heiratsantrag. Ihr kam der Antrag sehr gelegen und sie sagte Ja. Bald darauf wurde die Ehe geschlossen. Auch Julerl hatte nun ein Zuhause, es bekam auch den Namen des Stiefvaters. Josef ging weiterhin seiner Arbeit nach, und Juliane versorgte Hof und Kind.

Juliane hatte sich gut eingelebt, und ein neues Leben wuchs in ihr heran. Die jungen Eheleute erfreuten sich an ihrem bescheidenen Glück. Doch dann kam das Unwetter. Schwere Wolkenbrüche, und das mehrere Tage lang, stürzten vom Himmel. In der Ebene gab es Hochwasser, auf den höheren Lagen Vermurungen und Erdrutsche. Das Wohnhaus, welches die junge Familie bewohnte, wurde schwer beschädigt. Josef sicherte sein Haus so gut es ging mit Holzstehern, damit das Dach nicht einstürzte. Das Mauerwerk war total verschoben, die Eingangstür ließ sich kaum schließen. Der Rauchfang schien herabzustürzen. Eine Bodenuntersuchung ergab, dass das Gebäude auf einem Rutschgebiet errichtet worden war. Außerdem wurde ursprünglich beim Fundament gespart, eine Sanierung war nicht möglich. So wurde ein Plan erstellt und der Grundstein für ein neues Wohnhaus gelegt.

Nachwuchs

Im Dezember 1897, genau am 12. des Monats, stellte sich Nachwuchs ein. Ein Knäblein erblickte die Welt. Er bekam den Namen des Vaters. Das war damals so üblich, dass der Erstgeborene den Namen des Vaters tragen durfte, sozusagen als Stammhalter. Bei den größeren Bauern wurde darauf besonders Wert gelegt. Im Laufe der Jahre bekam Sepperl noch zwei Geschwister, den Friedl und die Hanni.

Sepperl wuchs heran, Schulzeit, zwischendurch diente er bei den Bauern als Kuhhüter auf der Weide, oder im Frühjahr zum Misttragen in die Weingärten. Die Schulzeit ging zu Ende, sein Vater riet ihm, ein Handwerk zu erlernen. Im Unterschied zu den weiblichen Jugendlichen, deren Berufwahl auf Schneiderin beschränkt war, war es für Burschen etwas leichter. Zimmerer, Maurer, Wagner oder der Huf- und Wagenschmied waren gefragt. Ein Lehrplatz für Bau- und Möbeltischler war schwer zu finden. Die Arbeit des Tischlers beschränkte sich auf Bauarbeiten, Fenster und Türen, ja, und Särge wurden auch gebraucht, letzteres war ein „todsicheres“ Geschäft. Von seinem Vater bekam Seppl den Rat, das Handwerk des Schuhmachers zu erlernen. Seine Begründung: „Als Maurer bist du jedem Wetter ausgesetzt, außerdem ist das eine schwere Arbeit. Als Schuster bist du in deiner Werkstatt oder bei den Bauern auf der Stör.

Dort bekommst du obendrauf noch das Essen.“ Auf gutes Schuhwerk wurde großer Wert gelegt, Gummistiefel gab es noch keine. Die Arbeit der Schuhmacher beschränkte sich auf die kalte Jahreszeit. Im Sommer gingen die meisten Menschen barfuß. An Regentagen wurden die Werkstätten aufgesucht, um beschädigtes Schuhwerk zur Reparatur zu bringen. Hochzeiten fanden meistens in der Faschingszeit statt. Für Hochzeiten oder Bälle wurde elegantes Schuhwerk gebraucht.

Vater Josef hatte in Erfahrung gebracht, dass es in der Nachbarspfarre einen Schuhmacher gab, der einen Lehrling aufnehmen wollte. Sonntagnachmittag wurde ein Vorstellungsgespräch vereinbart, begleitet wurde Seppl – so wurde er nun gerufen, von seinem Vater. Bei einem Krug Most wurde der Lehrvertrag ausgehandelt. Lehrlinge bekamen zur damaligen Zeit keinen Lohn, für Essen und Quartier mussten außerhalb der Werkstätte verschiedene Arbeiten wie Stallarbeit, Wasser tragen vom 500 Meter entfernten Brunnen usw. verrichtet werden. Der Lehrmeister hatte auch eine kleine Landwirtschaft zu versorgen. Beim Zustellen der Schuhe, „Schuhaustragen“ genannt, bekamen Lehrlinge meistens ein Trinkgeld. Lehrjahre sind eben keine Herrenjahre. Diese Feststellung gilt besonders für die Lehrzeit von Seppl.

Die erste Liebe

Die Lehrzeit ging vorüber, zwischendurch Berufsschule, Gesellenprüfung. Als Gesellenstück zeigte Seppl seine Kunst in der Herstellung von Lederstiefeln mit steifen Röhren, so genannte Schaftstiefel. Das Herstellen solcher Stiefel war eine Knochenarbeit. Damit man die Naht an den Röhren nicht sieht, mussten diese umgedreht werden. Im Übrigen war das Tragen von Lederstiefeln nur einer gewissen Bevölkerungsschicht vorbehalten. Diese Fußbekleidung war sehr teuer, größere Bauern oder Arbeiter, die den Schritt in die Fremde wagten, konnten sich solche Stiefel leisten. Auch versuchten manche Burschen mit dieser Fußbekleidung bei den Mädchen Eindruck zu schinden. Mit solchen Stiefeln ging man zur Kirche oder besuchte damit Tanzveranstaltungen. Das nächste Ziel war für Seppl die Meisterprüfung. Doch zum Antreten bei der Meisterprüfung war ein bestimmtes Lebensalter erforderlich, und einige Gesellenjahre mussten auch nachgewiesen werden. Da Seppl ein guter Handwerker war, konnte er bei seinem Lehrmeister die Gesellenjahre verbringen, nun bekam er auch einen Lohn.

Als er an einem Montagmorgen, den Sonntag verbrachte er zu Hause, zu seinem Arbeitsplatz ging, begegnete er an einer Weggabelung einem Mädchen. Sie war von zierlicher Gestalt, die pechschwarzen Haare waren zu Zöpfen geflochten. In den Augen von Seppl war sie kein gewöhnliches Mädchen, für ihn war sie das schönste Wesen, das die Welt je hervorgebracht hatte. Ein kurzer Gruß, es wollte kein rechtes Gespräch zustande kommen. Schließlich fasste Seppl sich ein Herz und fragte: „Wem ghörst du, und wo gehst du hin?“ „I bin die Gruabschuster Nanerl, und ih geh einkaufn.“ „I bin der Seppl und geh zu mein` Lehrplatz. „Da habm wir ja den gleichen Weg.“ Josef war von stattlicher Figur mittlerer Größe, der Schurrbart fein aufgezwirbelt, wie es in diesem Alter üblich war. Es mangelte am Gesprächsstoff. Josef wusste nun, wo Nannerl zu Hause war, er fragte, ob er einmal an ihr Fenster kommen dürfte. Nannerl sagte nicht Ja, aber auch nicht Nein. Von Zeit zu Zeit trafen sie sich am Kirchweg. Doch dann kam der Krieg, die Wege der beiden Verliebten trennten sich.

Seppl als Soldat

Seppl wurde als 18-Jähriger zur Armee des Kaisers eingezogen. Ohne Ausbildung zum Soldaten wurde Seppl zur Isonzoschlacht einberufen. Isonzo[5] – ein Fluss in Slowenien und der italienischen Region Friaul-Julisch Venetien. Um dieses Tal zogen sich die Fronten zwischen der Monarchie Österreich-Ungarn und den Alliierten. Zwölf Schlachten gab es in den Jahren des Krieges. Glück war, dass Seppl als gelernter Schuhmacher der Mann der Stunde war. Gutes, sicheres Schuhwerk war für die Soldaten an der Front sehr wichtig. Bald wurde ihm die Leitung der „Regimentsschuhmacherwerkstätte" übertragen. Das hatte den Vorteil, dass solche Werkstätten nicht an der Front, sondern im Hinterland stationiert waren. Ihm wurden auch Gesellen zur Seite gestellt. Was als Unterstützung gedacht war, erwies sich als Flop. Viele dieser Gesellen hatten noch nie ein Werkzeug in der Hand gehalten, sie wollten der Gefahr entkommen. Die Soldaten an der Front litten Hunger, weil der Nachschub an Verpflegung nicht funktionierte. Den im Hinterland tätigen Soldaten, Schuhmachern, Sattlern oder Schmieden ging es besser. Hier gab es mehr Möglichkeiten, Essen und Getränke zu „organisieren". Im Übrigen ist dieses Gebiet für den Weinbau bekannt. Der militärische

---

[5] auf Slowenisch „Soca"

Zusammenbruch führte schließlich zur Kapitulation. Viele Frontsoldaten wurden langjährig in Gefangenschaft genommen. Heimkehrende Kompanien wurden von „Feindseligen“ beschimpft und mit allen möglichen Dingen beworfen oder gar erschlagen. Die Schlauheit, die Seppl zu eigen war, gepaart mit Angst, kam ihm zu Gute, er schloss sich kleinen Einheiten an, diese waren weniger gefährdet als große Kompanien. Zu Fuß ging es über Teile von Italien und Slowenien Richtung Heimat. So konnte Seppl unbeschadet seine Heimat erreichen.

Wieder in der Heimat

Nun war er wieder zu Hause, man freute sich über den Heimkehrer, besonders seine Eltern. Viele Landsleute hatten nicht das Glück, die Heimat wieder zu sehen. In seiner Heimat gab es keine Kriegsschäden, da in diesem Teil des Landes kein Frontgebiet war.

Seppl fand, dass es an der Zeit war, wieder einmal eine Tanzveranstaltung zu besuchen, schließlich war er ein gefragter Tänzer. In dem Ort, wo Seppl seine Lehrzeit verbracht hatte, gab es ein Feuerwehrfest. Bei der Auswahl der Tänzerinnen war er anspruchsvoll, er beobachtete die Tänzerinnen, welche Schritte sie auf die Tanzfläche legten. Seppl entdeckte Nannerl in Begleitung ihrer Eltern, lange hatte er sie nicht gesehen. Bei den kurzen Heimaturlauben, die er während seiner Militärdienstzeit hatte, gab es keine Möglichkeit, sie zu treffen. Sein Herz schlug höher, als er Nannerl um einen Tanz bat. Unbeschwert schwebte das Paar über die Tanzfläche. Nach dem Tanz lud Josef Nannerl zum Likörstand ein. Ein Likörstand war bei einem Gartenfest eine wichtige Sache. Dort konnte man ohne Beisein der Eltern über intimere Dinge plaudern. Für die weiblichen Gäste gab es süße Liköre mit Pfefferminzgeschmack. An der Schießbude konnten Burschen ihre Treffsicherheit beweisen. Bei einem erfolgreichen Treffer bekam der Schütze eine Papierblume, die dann seine Tänzerin geschenkt bekam. Nach dem ersten Tanz folgten weitere, Nannerl fand Gefallen an ihrem Tänzer. Sie hat ihm auch verraten, wo sich ihre Liegestatt befand, und an welchem Fenster er bei einem nächtlichen Besuch anklopfen solle. Es war weit nach Mitternacht, als die Eltern mit ihrer Tochter sich auf den Heimweg machten. Seppl wusste, dass es nicht das letzte Treffen war.

Seppl wollte sich selbstständig machen. Um für die Ausübung eines Gewerbes berechtigt zu sein, musste man die Meisterprüfung ablegen. Seppl besuchte dazu einige Kurse in der Landeshauptstadt. Da er mit seinen 24 Jahren noch verhältnismäßig jung war, musste er sich besonders anstrengen. Die Vertretung, Innung genannt, wollte nicht zahllose Gewerbe-Berechtigungen erteilen. Die Prüfungskommission bestand aus Männern, die selber einen Betrieb führten, sie fürchteten sich vor der Konkurrenz. Doch Seppl konnte mit seinem Können und Wissen die Herren der Prüfungskommission überzeugen. Er hatte den Meisterbrief in seinen Händen. Im Jahre 1921 meldete Josef das Schuhmachergewerbe an. Da das Wohnhaus nur aus drei Räumen bestand und darinnen auch seine Eltern wohnten, war es nicht möglich, dort eine Werkstätte zu betreiben. In der Nähe des Wohnhauses gab es ein Kellerstöckl. Im Obergeschoß war neben einer Presse auch ein Wohnraum von zwölf Quadratmetern. Dort richtete er seine Werkstätte ein. In diesem Raum sollte er später auch seine Flitterwochen verbringen.

Die Heirat

Seppl hatte Wort gehalten. Immer wieder machte er Nannerl seine Aufwartung, meistens des Nachts, an ihrem Fenster. Das musste heimlich geschehen. Zum einen hatten die Eltern ein strenges Aug' auf ihre Tochter, zum anderen sahen es die Burschen vom Dorf nicht gerne, wenn ein Fremder in ihr Revier eindrang, oft kam es zu Schlägereien. Mit der Zeit machte Seppl seine Besuche auch am Tag, beim sonntäglichen Kirchgang, oder sonntags am Nachmittag. Längst merkten die Eltern von Nannerl, was sich da angebahnt hatte, sie drängten zur Heirat. Es war die große Liebe. Die Sehnsucht nach Zweisamkeit war groß, so kam es, dass sich zu den Zweien bald ein Dritter gesellen sollte, Nannerl war schwanger. Josef sollte der kleine Mann heißen, doch das Baby kam zu früh auf die Welt und war nicht lebensfähig. 28 Jahre alt waren die beiden Brautleute. Einige Tränen flossen, als Nannerl ihr Heimathaus verließ, es waren nicht Freudentränen, eher die Sorge, was der neue Lebensabschnitt bringen würde. Die jungen Eheleute bezogen das Kellerstöckel, wohl etwas klein, doch für Liebende wie geschaffen. Als Erbteil bekam Nannerl einen Wald und einen Acker mit.

Die erste Arbeit der jungen Eheleute war, für Nachkommenschaft zu sorgen, so war es zur damaligen Zeit üblich. Doch das Kinderglück blieb weiterhin versagt. Das Baby, ein Bub, war wieder nicht lebensfähig, er starb gleich nach der Geburt, er sollte übrigens auch den Namen Josef bekommen.

Trotz der Wirtschaftskrise lief die Schuhmacherwerkstätte gut. Doch die schlechte Zahlungsmoral machte dem jungen Unternehmer zu schaffen. Manche Kunden schickten die Kinder, um die reparierten Schuhe zu holen mit dem Spruch: „Der Vater lässt sich schön bedanken, und er wird's schon zahlen!“ Neue Schuhe wurden vom Meister selber zugestellt. Das war auch wichtig, denn manche Kunden vergaßen auf das Bezahlen. Einen solchen Gang machte Josef zu den „Mahlzeiten“, denn um diese Zeit war der Hausherr am sichersten anzutreffen, denn die Kunden waren meist Bauern. Diesmal führte sein Weg ins Nachbardorf, um bei einem Bauern das längst fällige Geld einzutreiben. Die Frau war gerade dabei, einen Krautbottich zu reinigen. Als er näher kam, war die Bäuerin unter dem umgedrehten Bottich verschwunden. Seppl fragte die Kinder, wo die Mutter sei. Prompt kam die Antwort: „Sie is im Wald Schwammerl suchan.“ „Guat, so wart ih holt a Weil“, und setzte sich auf den Bottich. Bald kam der Bauer mit einer Fuhre Streu angefahren, die Kinder liefen ihrem Vater entgegen und riefen mit schriller Stimme:

„Vater schnell, da Schuaster sitzt auf unserer Mutter drauf!“

Ein anderes Mal war der Meister wieder unterwegs, um Geld einzutreiben. Um Ausreden war man nicht verlegen. Diesmal versteckte sich der Hausherr hinter der Dachbodentür. Diese war aber kürzer als der Türstock, deshalb schauten seine bloßen Zehen unter der Tür hervor. Der Meister fragte die Frau, wo der Mann sei. „Da Michl hot an Korb voll Zwetschkn noch Gleichenberg trogn.“ Josef erwiderte: „Sog dein’ Michl, as nächste Mal soll er seine Zehen ah mitnehmen!“

In den Sommermonaten half Seppl bei den Bauern aus, besonders bei der Heu- oder Grummetmahd war er gefragt. Statt Lohn bekam er einen Wiesenstreifen zum Abernten. Sein Ziel war eine zweite Kuh, dazu reichte die eigene Fechsung nicht. Das Heu und das Futter für die Schweine wurden mit einem Schubkarren oder mit einem Streubogen, auf dem Rücken getragen, herangeschafft. Seppl war auch bestrebt, die Landwirtschaft zu vergrößern. Er wollte sich ein zweites Standbein schaffen, diesen Rat gab ihm sein Lehrmeister. Manche Bauern, die das Wirtschaften nicht sehr ernst nahmen, gerieten in Schulden und mussten Grundstücke verkaufen. Gründe waren oft Spielsucht oder Alkohol. Josef nützte die Gunst der Stunde und kaufte bei einem Bauern eine Kuh samt Fuhrwagen und einen Acker.

Nach einem strengen Winter kam zaghaft der Frühling. An den Osthängen wurde es langsam aper. Die Vogelwelt ließ sich nicht beirren, es wurden Nesterln gebaut, sie sangen um die Wette. Nesterlbau war auch in der Kammer der Jungen Eheleute notwendig, Die „Köberlmutter", ihres Zeichens Storchentante[6], wurde ins Haus geholt. Nachwuchs meldete sich an. Ein zierliches Mädchen erblickte die Welt, es bekam den Namen der Mutter. Im Kellerstöckel wurde es nun doch zu eng. Die Eltern von Seppl übersiedelten ins Kellerstöckel, die junge Familie bezog das Wohnhaus.

Zwei Jahre später, im April 1932, kam wieder die „Köberlmutter" ins Haus. Jetzt war er da, der ersehnte Sohn. Der Name Josef, so schien es, hatte kein Glück gebracht, so bekam der Bub den Namen Franz. Seppl ging weiterhin seinem Gewerbe nach. Die Landwirtschaft versorgte unter Mithilfe der Schwiegereltern seine Frau. Die Arbeit war für die Frau wohl zu anstrengend, so dass sie immer wieder kränkelte. Es war kurz vor Weihnachten. Trotz der verbreiteten Armut, die in den dreißiger Jahren landauf landab herrschte, freuten sich alle auf Weihnachten. Diese Feiertage boten Gelegenheit, die Not und die Armut für einige Zeit zu vergessen. Mutter Anna war gerade zum fünften Mal schwanger. Sie ging in den Wald, um einen bescheidenen Weihnachtsbaum mit dem Messer um-

[6] Hebamme

zuschneiden. Die Folge: Anna verlor ihr Kind, Abortus, das Weihnachtsfest war in diesem Jahr mehr als getrübt.

Kommen und Gehen

Obwohl es in dieser Region sechs Schuhmacherwerkstätten gab, ging Seppls Werkstätte, zumindest in der kalten Jahreszeit, gar nicht so schlecht. Die Nachfrage nach neuen Schuhen war zwar rückläufig, doch schon getragenes Schuhwerk musste repariert werden. Unselbständige Arbeitnehmer hatten es da viel schwerer. Die Bauwirtschaft lag völlig darnieder. Ein Arbeitslosengeld gab es nur für kurze Zeit, dann wurden die Arbeiter „ausgesteuert", vom Staat war nichts mehr zu bekommen. Aus dieser Not heraus schwindelte man der Krankenkasse immer wieder ein Krankengeld ab, um einige Groschen zum Überleben zu haben. So meldete sich Josef, Seppls Vater, der Maurer war, krank. Er legte sich ins Bett, um den Besuch des Kontrollors abzuwarten. Doch am helllichten Tag, noch dazu gesund, im Bett zu liegen, war nicht unbedingt seine Sache. Er richtete eine Lehmmasse zusammen, um damit den Küchenboden auszubessern. Der Bodenbelag war, wie es damals üblich war, aus Lehm. Während der Arbeit machte er von Zeit zu Zeit einen Blick zum Fenster hinaus, ein fremder Mann näherte sich der Behausung, es war der Herr, der die Krankenstände überprüfte. Kurz entschlossen legte sich Josef mit voller Arbeitskleidung mit samt den lehmigen Stiefeln ins Bett und deckte sich zu, auch die schmutzigen Hände mussten unter die Tuchent. „Wie geht es Ihnen?", so die Frage des Herrn. „Nix guat, soviel Fieber und Schwitzn. Gehen's nit zu weit za mir her, sist steck ih Ihnen ah noch an." Der Kontrollor befolgte den Rat, wünschte gute Besserung und suchte das Weite.

Das Tischgebet vor und nach dem Essen war bei den Bauernfamilien eine Selbstverständlichkeit, weil sie das Christengebot erfüllen wollten. Gleichzeitig sollte aber auch nicht zu viel von der kostbaren Arbeitszeit geopfert werden. So wurden meistens kurze Gebete gesprochen. Oft wurde schon vor dem Betreten des Hauses vom Bauern oder vom Oberknecht mit dem Vaterunser begonnen. Jene, die zum Schluss das Haus betraten, brauchten nur mehr das Kreuzzeichen zu machen. Nach dem Abendessen wurde dafür ausgiebig die Litanei vom Hausherrn vorgebetet. Dienstleute, Taglöhner und Handwerker mussten daran teilnehmen, mit möglichster Andacht. Als nach einer halben Stunde noch immer kein Ende abzusehen war, wurde es dem Maurer zu viel: „Für den verstorbenen Michl beten wir morgen, guate Nacht!"

Da die Bauwirtschaft völlig am Ende war, gab es für den Maurer kaum eine Arbeit So versorgte er die Tiere der kleinen Landwirtschaft mit dem notwendigen Futter. Auch der Weingarten wurde von ihm betreut. Die Arbeit im Weingarten machte ihm besondere Freude, denn er vergönnte sich öfters einen Krug Wein. Manchmal verlor er dabei auch den Überblick.

Josef mähte im Garten, der unterhalb vom Wohnhaus war, Gras für die Rinder. Dabei wurde in folgender Weise vorgegangen. Der Wagen wurde von ihm den Hang hinunter gezogen, der Wagen anschließend beladen. Die Kuh als Zugtier wurde dann vorgespannt. Zugtiere waren unberechenbar und gingen oft durch, da sie durch lange Wartezeiten unruhig wurden. Einmal geschah das Unglück. Josef dürfte gestolpert sein, die Stange des Wagens schlug gegen seinen Bauch. Der herbeigerufene Arzt konnte nur mehr den Tod feststellen. Josef ist innerlich verblutet. Das geschah 1933, Josef, Seppls Vater, war erst 58 Jahre alt.

Im November 1935 brachte Mutter Anna, die Frau vom Seppl, wieder ein Mädchen zur Welt. Da man bei den Buben mit dem Namen Josef kein Glück hatte, und Wert darauf gelegt wurde, dass ein Kind den Namen des Vaters tragen sollte, bekam das Kind den Namen Josefine und wurde Pepperl gerufen.

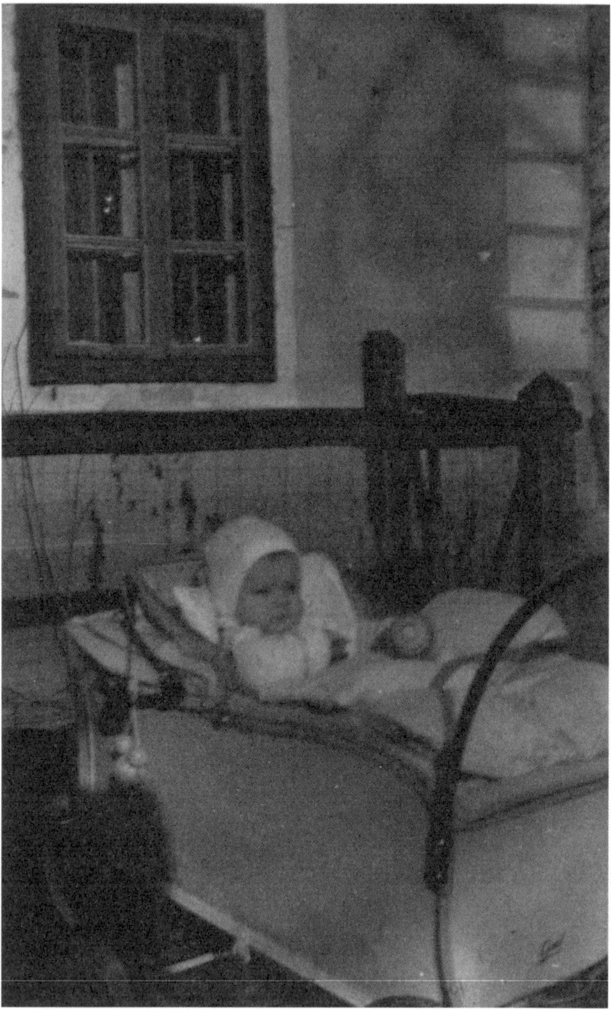

Der Gesundheitszustand von Mutter Anna verschlechterte sich zusehends. Behandelt wurde sie von Dr. Gerscha, der den besten Ruf hatte. Dr. Gersha hatte zwar ein Motorrad und ein Auto zur Verfügung, aufgrund der schlechten Wegverhältnisse konnten diese Fahrzeuge jedoch nur selten zum Einsatz kommen. So musste der Arzt viel zu Fuß zu seinen Patienten gehen. Anna war nicht krankenversichert, die Behandlung kostete ein kleines Vermögen.

Die Zeiten waren für die meisten Menschen wirtschaftlich schlecht, Bettler und Hausierer zogen durchs Land. Glücklich, wer einen Acker oder eine Wiese zu Verfügung hatte. Das Notwendigste zum Überleben, Gemüse oder Getreide für Mensch und Tier, Futter für Hühner und einige Hasen konnte geerntet werden. Gekauft wurde nur das Notwendigste, Salz und Zucker. Sogar zur Zuckergewinnung wurden Zuckerrüben angebaut, daraus wurde Sirup gewonnen und zum Süßen verwendet. Für die Raucher war in jedem Gemüsegarten eine Tabakpflanze, Eigenbau genannt, zu finden.

Beim Kaufmann in der Nachbarsgemeinde gab es auch Materialen für den Schuhmacherbedarf. So machte sich Seppl auf den Weg, um den Einkauf zu tätigen, der vierjährige Franz durfte ihn begleiten. Einige Groschen dürften bei diesem Einkauf übrig geblieben sein. Damit kaufte der Vater ein Stück Wurst, etwa zwei Finger breit. Auf halbem Weg nach Hause machten sie Rast unter einem

Baum, immerhin waren sie schon fast eine Stunde unterwegs. Vater Josef packte die Wurst aus dem Rucksack und meinte: „Für alle dahoam gfolgt's nit, ess ma's weg, dann is a Ruah." Franz war natürlich mit dem Vorschlag einverstanden. So ist es im Leben, in der Not schaut der Mensch wohl zuerst auf sich selber, das Hemd ist eben näher als der Rock. Auf die Wursthaut stürzte sich eine Ameise und suchte damit das Weite.

Mutter Anna bekam nun immer öfters Schwindelanfälle, und immer öfter kam der Arzt ins Haus. Im Sommer 1937, zu der Zeit, wo die Menschen auf den Feldern waren, um das Korn zu schneiden, schlug auch „Schnitter Tod" zu. Es war wohl der schlimmste Tag im Leben von Seppl. Die Kunst des Arztes war zu Ende, ein Krankenhausaufenthalt war nicht finanzierbar, verschlangen schon die Arztkosten eine beträchtliche Summe. Mutter Anna starb vermutlich an einer Hirnhautentzündung, dafür könnte ein Zeckenbiss die Ursache gewesen sein. Der Tischler kam und nahm das Maß, um den Sarg anzufertigen. Zwei Tage darauf kam der Knecht vom Bauern Schalk mit Ross und Wagen. Mit demselben Wagen hatte er vor einem Tag noch Stallmist auf die Felder gebracht. Der Leichenzug bewegte sich Richtung Pfarrkirche. Hinter dem Sarg gingen ein verzweifelter Familienvater und drei Halbwaisen im Alter von sieben, fünf und zwei Jahren, die Verwandtschaft und schließlich Dorfleute. „So a junger Mensch muass sterbn, wos kannst dagegn machen? Uaner geht, der Andre kommt", so die Aussage der Dorfleute.

Franz erzählt von den Kindertagen als Halbwaise:

Die Mutter Anna Äpfel.

Im Jahre 1937, zehn Tage vor dem Gedenktag der heiligen Mutter Anna, (Mutter von der hl. Maria) am 26.Juli, starb meine Mutter. Ich war fünf Jahre alt, meine ältere Schwester siebeneinhalb, meine jüngere Schwester eineinhalb Jahre jung. Uns ging es damals nicht gut. Wir mussten aber nicht Hunger leiden, da wir mit allem zufrieden waren, es war in den berüchtigten 30er Jahren.

In unserem Obstgarten stand ein Baum mit früh reifen Äpfeln. Kornäpfel wurden sie weitläufig genannt. Doch bei uns trugen sie den Namen unserer verstorbenen Mutter. Als wir Kinder eines Tages aus dem Bett krochen, hatte Vater schon einen Korb voll dieser Äpfel gepflückt und klaubte selbige in Obstkisten. Diese zwei Kisten lud er auf einen Schubkarren, und los ging die „Fahrt" zum sieben Kilometer entfernten Kurort Bad Gleichenberg. Ich durfte mitgehen. Im Kurort gab es viele Obststände, doch die Händler waren als Halsabschneider bekannt. Dem einen waren unsere Äpfel zu reif, dem anderen zu grün, bis einer der Händler aus „Barmherzigkeit" die Äpfel gegen einen Spottpreis in Empfang nahm. Vaters Stimmung war nicht die beste. Mit diesem Geld kaufte Vater beim Suppan-Maier, so hieß das Kaufhaus, zwei Kilogramm Salz und eine Schachtel Zünder. Für eine Jause oder eine Schachtel Zigaretten für Vater reichte es nicht.

Nach Hause ging es über Waldsberg. Der Bauer Nullbauer, so der Vulgoname, er war im selben Alter wie unser Vater, sah uns des Weges kommen und rief uns zu: „Seppl, kimm eini, wirst sicher an Durst habm." Der Bauer kam mit einem Krug Most, Brot bekamen wir auch zu essen. Vater erzählte, dass er Äpfel zum Kurort gebracht hatte. „Die Händler san als Holsabschneider bekannt, die ziehen dir die Hosen a noch ab", so der Bauer. Vater: „Obwohl wir Salz zan Suppm und Kraut salzn brauchen, wa es gscheiter gewesn, die Äpfel meine Kinder zu gebm, Schmalzbrot kann man jo ah ungsalzn essen, und an Weg hätt ich mir ah erspart", und er versuchte, die Tränen zu unterdrücken. Die Rast tat uns gut, denn die halbe Wegstrecke hatten wir noch vor uns.

Die zweite Mutter

Nach dem Tod eines Angehörigen hat es verschiedene ungeschriebene Gesetze gegeben. Diese Gesetze sollten eine Hilfe sein, die Trauer zu bewältigen. Wenn ein Elternteil oder ein Ehepartner das Zeitliche segnete, war ein ganzes Jahr als Trauer angebracht. Bei Großeltern ein halbes Jahr, ebenso bei Tanten und Onkeln. Äußerlich wurde diese Trauer bei Frauen durch Tragen schwarzer Kopftücher gezeigt. Männer trugen einen Trauerflor am Hut oder am Rockkragen. Diese Zeichen sollten aber auch signalisieren, ich bin noch nicht bereit für eine neue Bindung. Doch was soll ein Vater mit drei kleinen Kindern und einer betagten Mutter? Obwohl das Trauerjahr noch nicht zu Ende war, begab sich Seppl auf „Muttersuche".

Durch Vermittlung eines Bekannten lernte Josef Theresia kennen. Sie war eine Bauerntochter aus der Gemeinde Kapfenstein und war 35 Jahre alt. Es wurde in der Nachbarschaft wohl gemunkelt, dass sie nicht gesund sei, doch das wurde als Tratsch, der sich beim Heiraten kaum vermeiden lässt, abgetan. Das Eheaufgebot wurde bestellt. Auch der Pfarrer stellte Fragen, wie es mit der Gesundheit bestellt sei. Theresia sagte, „mit Gottes Hilfe wird's schon gehen." Die Braut dachte wahrscheinlich an die „mutterlosen" Kinder, so verschwieg sie, dass sie nur mit einer Niere geboren wurde.

Die Kinder hatten wieder eine Mutter, bald sollte Theresia selber Mutter werden, und Seppl zum siebten Mal Vater. Die „Köberlmutter“, eine erfahrene Hebamme, wurde geholt, sie erkannte gleich, dass da ein Arzt her musste. Kein Telefon, schlechte Wegverhältnisse, es dauerte fast zwei Stunden, bis Dr. Gerscha eintraf. Aber er konnte nicht mehr helfen, die Gebärende bekam einen Starrkrampf. Vor Schmerzen soll sie so laut geschrien haben, dass man sogar noch in der weiteren Nachbarschaft die Schreie hören konnte. Die Zunge soll sie sich dabei abgebissen haben. So ist Theresia mit ihrem gerade geborenen Kind in die Ewigkeit gegangen. Seppl drückte der „zweiten Mutter“ die Augen zu. Man sagte zur damaligen Zeit, wenn ein Toter mit geöffneten Augen aufgebahrt wurde, dass bald dem Toten ein anderes Familienmitglied folgen würde. So lag sie nun da, die tote Mutter mit ihrem toten Kind im Arm. Im Jänner 1939 hatten der Tischler und der Knecht vom Bauern „Schalk“ wieder dieselbe Arbeit wie vor zwei Jahren, Maß nehmen, Wagen waschen, einspannen…

Seppl war am Boden zerstört, vom Leben enttäuscht. Die zweite Mutter war tot, die Arzt- und Begräbniskosten waren zu zahlen, aber woher das Geld nehmen? Josef war gezwungen, ein Grundstück zu verkaufen, um die Schulden, die sich durch die Unglücksfälle angehäuft hatten, loszuwerden. Er fragte den Pfarrer, warum Sterben gar so teuer komme. Seine Antwort: „Kommt eh jeder nur einmal.“ Obwohl der Pfarrer für seinen schwarzen Humor bekannt war, hatte Seppl zu dieser Aussage nur ein Kopfschütteln übrig. Seppl, von Natur aus ein lebenslustiger Mensch, war das Lachen nun endgültig vergangen. Die Hilflosigkeit des zum zweiten Mal Witwer Gewordenen zeigt wohl jene Aussage: „Wenn da Herrgott dih zu an Deppm machen will, dann braucht er dir nur die Frau nehmen!“

Zum Trauern blieb jetzt wenig Zeit. Auf die Kinder schauten seine Mutter und die Nachbarin, die Wagner Mutter. Auch die Tante der Kinder kam gelegentlich ins Haus, um nach den Rechten zu sehen. Um etwas mobiler zu sein, kaufte sich Seppl nun ein Fahrrad. Es gab nur wenige in dieser Gegend, die sich so ein fortschrittliches Produkt leisten konnten. Im Markt Gnas gab es einen Fahrradhändler, als Gegengeschäft erwarb der Händler ein Paar Schuhe, wie es schon damals im Wirtschaftsleben üblich war.

Die dritte Mutter

Wenn ein junger Witwer mit Kindern auf Brautschau ging, musste das Wohl der Kinder im Vordergrund stehen. Aussehen oder Fragen nach einer Mitgift waren zweitrangig. Seppl musste sich wieder auf „Muttersuche“ begeben. Das war nicht so einfach, es schien, als ob auf diesem Haus ein Fluch lasten würde. Viele Frauen hatten nicht den Mut oder fühlten sich nicht gewachsen, die Rolle einer Stiefmutter anzutreten.

Ein Mann mit dem Hausnamen „Butterreibl“ bot sich als Kuppler an. Seine Heimat war in Perlsdorf, Pfarre Gnas. Er wisse ein Haus, wo drei Jungfrauen, alle im heiratsfähigen Alter, auf einen Brautwerber warteten. Da der Vermittler kein Fahrrad besaß und er mit dem Lenken solcher Verkehrsmittel nicht vertraut war, machten sich die zwei Männer zu Fuß auf den Weg, 15 Kilometer war der Ort entfernt. Vorher noch ein Appell an seine Kinder: „Tuats brav sein, ih geh a Mutter suachan!“ Als Vorwand suchte man eine Kuh, um nicht gleich mit der Tür ins Haus zu fallen. Schließlich wollte der Brautwerber seine Zukünftige zu Gesicht bekommen, ehe er um die Hand anhalten würde. Die beiden wurden freundlich aufgenommen. Nach einem Willkommenstrunk ging es in den Kuhstall, um ungestört reden zu können. Sein zukünftiger Schwiegervater, ein Mann mit stattlicher Figur, erkannte gleich den Grund des Besuches. „Kuah hab ih koane feil, aber wann du a Frau suachst, oane va meine Töchter kannst du schoa habm.“

Bei einer Jause und einem Krug Wein erzählte Seppl von seinem Schicksal. Nicht ohne Stolz berichtete er, dass er Schuhmachermeister sei und eine Werkstätte betreibe. Außerdem habe er eine „kleine Keuschn“, d.h. eine kleine Landwirtschaft. Der Bauer fand Gefallen an Seppl, immerhin hatte er ein Handwerk erlernt, das zu allen Zeiten „goldenen Boden“ hatte. Auch Tochter Mitzi, sie stand im 35. Lebensjahr, war bei dieser Unterredung dabei. Sie war nicht besonders begeistert. Die Gegend, aus der Seppl kam, hatte in ihrer Heimat nicht den besten Ruf. Die Aussprache und die Wortwahl waren in dieser Gegend derber als in ihrer Gnaser Heimat. Man meinte auch, dass es dort mehr „besoffene Lackln und grobgnahte Büffeln“ gebe. Bevor sich die beiden Männer auf den Weg machten, fragte Seppl die Mitzi, ob er wieder kommen dürfe. Ihre Antwort: „Wann du wieder kommst, bring deine Kinder mit. Und dein Schnurrbart gfallt mir ah nicht!“

Als Seppl spät am Abend nach Hause kam, nahm er die kleine (Pepperl) auf den Arm und sagte: „Kinder, ihr kriegts a neue Mutter, ihre Schwester, die Tante Resi is a Schneiderin, und ihr kriegts alle a neues Gwand.“ Nach langer Zeit konnte er wieder lachen, nahm eine Schere und stutzte seinen Schnurrbart zurecht.

Beim nächsten Besuch durften die Kinder mit, gefahren wurde mit dem Zug, übrigens die erste Zugfahrt der Kinder. Doch vorher musste noch ein fünf Kilometer langer Fußmarsch erfolgen, eine Dreiviertelstunde Zugfahrt, dann wieder eine halbe Stunde zu Fuß, bis sie zur neuen Mutter kamen. Der Schurrbart war zurechtgestutzt, und ein Geschenk für den zukünftigen Schwiegervater, ein Paar neue Schuhe, Größe 46, hatte der Brautwerber auch mit. Bedingt durch die vielen Schicksalsschläge waren die Kinder verängstigt und scheu. Mitzi hatte bald das Vertrauen der Kinder gewonnen. Die zukünftige Großmutter zeigte den Kindern die Gitarre, die ihrer neuen Mutter gehörte. Franz meinte, es sei eine Geige. Da er keinen Bogen zum Bespielen der Geige fand, versuchte er mit einem Messer, dem Instrument einige Töne zu entlocken. Die neue Mutter schimpfte nicht, sie nahm das Instrument in die Hand, zupfte die Saiten und sang ein Lied dazu.

Josef und sein künftiger Schwiegervater verstanden sich sofort. Die Heirat der Tochter war ihm sehr recht, denn wenn Töchter unter der Haube waren und ihr „Drauskommen“ hatten, so hatte der Vater eine Sorge weniger. Wenn Seppl einen Tag lang weg war, sagten die Kinder: „Unser Vater ist bei der Hochzeitmutter.“ In vier Wochen sollte die Hochzeit sein. Vorher war noch eine Beschau, heute würde man es Betriebsbesichtigung nennen, notwendig. Diese Beschau nahm Mitzi in Begleitung ihre Vaters August vor.

Beim Kellerwirt

Vater August

August, der Schwiegervater von Seppl, war von einer stattlichen Figur, 1,90 Meter groß, Schuhgröße 46. Er war im Denken und im Handeln vielen Menschen seiner Zeit voraus. Seine Gattin war, wie viele Frauen dieser Generation, eine stille, pflichtbewusste Dienerin. Als alleinigen Herrscher konnte man ihn aber nicht einstufen. Er war ein nachdenklicher, von neuen Ideen beseelter Mann. So war Augusts Mitarbeit in den verschiedensten Institutionen sehr gefragt. Er war bei der Freiwilligen Feuerwehr, bei der Feuerhilfsstelle, bei der Bachregulierung und als Obmann beim Neubau der Dorfkapelle tätig. Die vielen Funktionen, die August innehatte, und die er sehr ernst nahm, hatten zur Folge, dass viele Arbeiten am Hof auf seiner Frau lasteten und sie zunehmend kränklich wurde.

Obwohl die Landwirtschaft nicht besonders groß war, verstand er es trotzdem, aus dem Besitz für seine Familie eine Lebensgrundlage zu schaffen. So wurden jedes Jahr im Sommer unter dem Nussbaum Bänke und Tische „aufgeschlagen“ und Wein ausgeschenkt. „Kellerwirt“ wurde diese Art des Ausschankes genannt. Dieser Kellerwirt fand regen Zuspruch. Hilfreich dabei war wohl auch das „Dreimädelhaus“. Die drei Töchter – Resi, Mitzi und Leni – hatten eine schöne Stimme und waren mit Gitarre und Zither ausgestattet.

August hatte große Pläne, ein neues Wohnhaus sollte entstehen. Nächtelang saß er am Tisch, mit Bleistift und Papier, um seine Vorstellungen vorerst einmal zu Papier zu bringen. Seine Frau brachte dem Vorhaben etwas Misstrauen entgegen: „Gezeichnet is es schon“, meinte sie. Doch zielstrebig ging August seinem Vorhaben nach. Im eigenen Wald wurde ein Steinbruch eröffnet, später folgte ein Kalkofen zum Kalkbrennen. Nach dem Vorbild der Bergwerke wurden aus Fichtenstangen Geleise angelegt. Und schließlich mit Holz und Eisen Hunte angefertigt. Durch den Erfindungsreichtum von Vater August wurde manche Arbeitskraft und manche Schinderei eingespart. Nach und nach entstand ein stattliches Haus, „die Bergesruhe“, auf einer Anhöhe, weit in das Land hinein sichtbar.

August war ein Mann, der Ruhe ausstrahlte und Ruhe lebte. Manche Menschen in der Gegend, besonders größere Bauern, hatten ihm diesen Erfolg nicht zugetraut. Noch dazu war der Baubeginn an einem Freitag, dem 13. des Monats. Bei manchen Menschen galt dieser Tag als Unglückstag. Für August, so erzählte er, habe dieses Datum nur Glück gebracht. So hat er am 13. seine Frau kennen gelernt, und an einem 13. schließlich geheiratet. Bei Ausbruch des 1. Weltkrieges wurde er an einem 13. von der Stellungskommission für untauglich zum Dienst mit der Waffe erklärt, der Grund war ein angeborener Herzfehler.

Nur einmal war August in heller Aufregung. Es war am 1. April 1939, als sich gegen Abend der Himmel blutrot verfärbte.

Wissenschaftler und studierte Menschen hatten für diese Himmelserscheinug eine Erklärung, doch einfachen Menschen bescherte das Nordlicht Angst und Schrecken. „Der Himmel brennt“, flüsterte August geschockt, „es wird Krieg geben!“ Für August war „der Führer“ eine „Geißel der Menschheit“, für andere die große Hoffnung.

Die Hochzeit

Zurück zu Seppl und seiner Familie. Im Mai 1939 war die Hochzeit. Der Bräutigam und sein Trauzeuge fuhren mit dem Zug zum Elternhaus der Braut. Die Kinder, Anni neun, und Franz sieben Jahre alt, waren auch eingeladen. In Begleitung der Tante Juli ging es zu Fuß zur „Hochzeitmutter". Um Haus und Hof und die kleine Pepperl sorgte die Wagnermutter. Nach einem Kilometer Fußmarsch passierte schon das erste Malheur. Franz, durch die Vorfreude etwas übermütig, sprang über einen Graben und verfehlte das Ziel. Das Festtagsgewand war einer Hochzeit nicht mehr würdig, auch die Schelte der Tante konnte daran nichts ändern. Nach zehn Kilometern Fußmarsch war Franz mit seinem Steireranzug mit der Dreiviertelhose trocken, eine ausgeborgte Bürste half beim Beseitigen der restlichen Spuren. Die Hochzeit dauerte zwei Tage. Es war übrigens eine Doppelhochzeit, Leni, die Schwester von Mitzi, hatte auch geheiratet. Für das Transportieren der Brautausstattung, Wanderschaft genannt, war ein Rossknecht, der Zangl Karl zuständig, dieser diente in der Weinhandl-Mühle. Beim Eintreffen in der neuen Heimat stimmte Karl das Lied vom Heimatland an, doch der „dritten Mutter" war nicht zum Lachen zu Mute, sie weinte. Wenn Seppl seinen Frauen eine Nummer gab, so ist das sicher nicht als Wertung zu verstehen, eher zum leichteren Auseinanderhalten.

Heimathaus der dritten Mutter

Wieder Krieg

Ende Oktober 1939 wurde Seppl um zwei Uhr morgens aus dem Bett geholt, einberufen zum Armeedienst im 2. Weltkrieg. In zwei Stunden musste er an der Hauptstraße, der B66 sein, wo laufend Militärfahrzeuge fuhren und die Soldaten mitnahmen, in Richtung unbekannt. Seppl verabschiedete sich von Frau und Kind, es flossen Tränen, sollte ihm gar kein Familienglück beschieden sein? Die Mutter war verzweifelt. Die Freude über das neue Leben, das in ihrem Körper sich regte – es wird, wenn es ein Mädchen wird, den Namen der Mutter tragen – war sehr getrübt. Nicht nur die Sorge um den Ehemann machte ihr zu schaffen. Sie musste von nun an auf sich allein gestellt die Landwirtschaft bewirtschaften. Das Vieh musste versorgt werden, die Anbauzeit des Wintergetreides stand bevor. In ihrer neuen Heimat hatte sie erst wenige Menschen kennengelernt. Von ihrer Schwiegermutter, die noch während des Krieges 1944 starb, war auch keine große Unterstützung zu erwarten. Die einzige Hilfe war der Sohn vom Nachbar Lackner vulgo Feldjirgl. In der Nachbarschaft gab es zwar mehrere junge Männer, doch bis auf Hans hatten längst alle den Einrückungsbefehl erhalten. „Wannst du wos brauchst, schick die Kinder herunter, ich hilf, wo ich kann“, so sein Angebot. Dieser Hilfe konnte sich die dritte Mutter allerdings nicht lange erfreuen. Obwohl Hans ein Ansuchen an das Militärkommando um Wehrdienstbefreiung stellte, musste er in den Krieg ziehen.

Das Ansuchen

Lackner Johann
Bitte um Zurückstellung vom Wehrdienst.
Ort, Datum

An das Wirtschaftsamt Abt. A (Kreisbauernschaft) in Feldbach.

Ich erhielt für den 1. März Bereitstellung, bitte aber um Zurückstellung vom Wehrdienst und begründe meine Bitte wie folgt.

Ich bin am .... in .... geboren, da mein Bruder .... bereits eingezogen wurde, bin ich die einzige männliche Arbeitskraft auf dem Besitz der ...... ha (...... Joch) beträgt. Nach meinem Einrücken blieben zur Bearbeitung nur meine Schwägerin .... geb. am .... und meine Schwester .... geb. am .... zurück. Die zwei weiblichen Arbeitskräfte würden nicht ausreichen um den Grund entsprechend bebauen zu können.

Aus den angeführten Gründen, bitte ich nochmals um meine Rückstellung.

Heil Hitler!

Unterschrift

Lieber Herr Lackner!

Umseitig habe ich Ihnen den Wortlaut und die Form des Gesuches geschrieben. Bitte schreiben Sie das ab und setzen die Daten, Orte und die Größe des Grundes genau ein. Ich wäre gerne selber gekommen, aber ich habe heute Nachmittag Schule, und da geht es mir mit der Zeit nicht aus. Nun wie ich hörte, sind auch in Ihrer Gegend eine Menge einberufen worden. Hoffentlich haben Sie Glück und werden wieder zurückgestellt.

Ihnen und Ihren Lieben von uns allen den besten Gruß.

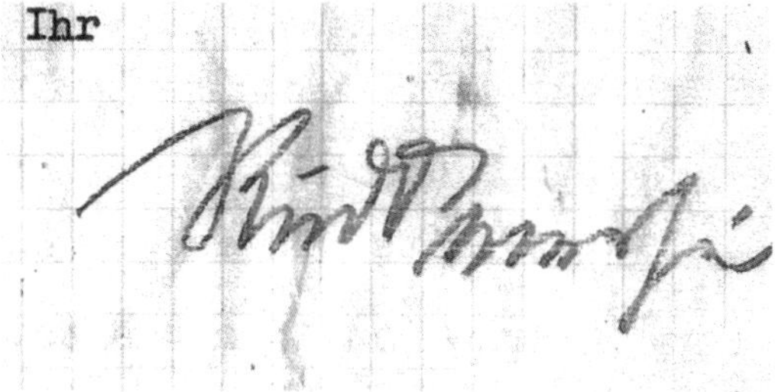

P.S.: Papier lege ich bei, damit Sie es erst nicht von hier holen müssen. Ich habe gleich mehr mitgegeben, wenn Sie eines verpatzen, sofort das andere haben. Sie brauchen auch nicht mehr als einen halben Bogen zu nehmen. Halten Sie die Form so gut als möglich ein. Bitte mein Schreiben keineswegs mit schicken! Wenn Sie selbst nicht nach Feldbach fahren, geben Sie den Brief eingeschrieben auf.

Nochmals liebe Grüße!

(Dieses Schreiben wurde von einem Bekannten des Johann Lackner verfasst, es wurde im Originaltext wiedergegeben.)

Der Nachbar Hans kam nie wieder, vermisst, gefallen für „Volk und Vaterland“!

Seppl, der Schuhmacher, hatte aber mitten im Krieg doch etwas vom Glück abbekommen. Er hatte befürchtet, dass er, wie viele andere, an die Front nach Polen geschickt werde. Er wurde aber zum Grenzschutz nach Radkersburg einberufen. Vorher ging es nach Kärnten, er sollte sich im Scharfschießen üben. Sechs Monate versah er an dieser Grenze seinen Dienst. Nach diesen sechs Monaten wurde er UK gestellt, d.h. vorläufig vom Wehrdienst befreit, und das, obwohl er erst etwas über vierzig Jahre alt war. Gründe dafür waren einerseits die Unabkömmlichkeit von zu Hause, andererseits machten seine Plattfüße Probleme, auch eine Herzschwäche wurde festgestellt. Außerdem hatte er schon im 1. Weltkrieg gedient. Er war nun der Schuhflicker der ganzen Umgebung, denn neue Schuhe konnte sich kaum einer leisten. Mit dem Bezahlen gab es Schwierigkeiten, es hatte ja kaum jemand Geld zur Verfügung. Es gab aber auch einige Neider, da andere im selben Alter längst an der Front waren. Trotz der dreimaligen Nachmusterung wurden die Plattfüße und somit die Nichttauglichkeit bestätigt.

Der Krieg zog sich dahin. Die dritte Mutter erschrak jedes Mal, wenn sie den Briefträger sah, ob er wohl nicht einen Einberufungsbefehl bringen könnte.

Der Kompanieführer

Es war im Frühjahr 1945, als Seppl in die Bezirksstadt kommen musste. Dort wurde er zum „Kompanieführer“ des Volkssturms ernannt. Nach einigen Schießübungen im Abschuss von Panzerfäusten im angrenzenden Wald sollte Seppl beim Klausenwirt (Dorf Bad Gleichenberg) einen Gefechtsstand einrichten. Seine Ausrüstung, ein italienisches Gewehr mit drei Schuss Munition und eine Eierhandgranate. Mit dieser Ausrüstung sollte er den Russen entgegen treten. Zehn Männer waren der Einberufung gefolgt. Als sie dem Kompanieführer gegenüberstanden, sah er, dass sie alle unbewaffnet waren.

Der Kompanieführer kannte die Männer, das war gut, denn vor Spionen konnte man nie sicher sein. Es waren keine Anhänger des Führers. Aus der Ferne war Kriegslärm zu hören. Nach einigen Tagen fragte Josef seine Rekruten, ob sie etwas dagegen hätten, wenn er den Befehl gebe, abzurüsten. Da keiner etwas dagegen hatte, ging jeder in die Richtung, woher er gekommen war, auch der Kompanieführer trat den Rückzug an. Am Gründonnerstag 1945 war Josef wieder zu Hause.

Besuch am frühen Morgen

Am selben Tag, dem Gründonnerstag, um zwei Uhr am Morgen, wurde die Familie aus dem Schlaf gerissen. Seppl versteckte sich, denn er sollte eigentlich beim Volkssturm sein. Mutter öffnete die Haustür. Der Bürgermeister war mit seiner Sekretärin gekommen, um der Familie nahezulegen, das Haus zu verlassen. Die ganze Umgebung sollte das tun, da der Endkampf komme, der schließlich zum großen Sieg des Führers führen sollte. Die dritte Mutter schalt den Nazibonzen, endlich aufzuhören, der Krieg sei ohnehin längst verloren. Der seinem Führer Getreue antwortete: „Der Jud hat Jesus gekreuzigt, und daher auch das deutsche Volk gekreuzigt, wir kämpfen bis zum Sieg!“ Doch die dritte Mutter, die keineswegs auf den Mund gefallen war, antwortete: „Seit Hitler uns unterdrückt, woar va Jesus nia die Red, jetzt gibt’s ihn wieder?“ „Gweibarts, tua vorsichtig sein, wos du redest!“ Als Ziel der Flucht nannte er Heiligenkreuz am Waasen.

Franz erzählt:

Als die beiden das Haus verlassen hatten, kam Vater wieder aus seinem Versteck. An Schlaf war ohnehin nicht zu denken. Er ging, wie es seiner Art entsprach, wenn er Pläne schmiedete, auf und ab. Er überlegte, ob man für diese „Reise“ die Kuh „Lutzi“ vor den Wagen spannen sollte, oder ob es besser wäre, zu Fuß zu gehen. Schließlich mussten acht Personen, zwei Erwachsene und sechs Kinder, flüchten.

Am frühen Morgen wurde der Nachbar zu Rate gezogen, der meinte: „I bin 70 Joahr alt, mi bring keiner mehr weg." Ich bekam von Vater den Auftrag, den Treppenwagen startklar zu machen, um damit den eineinhalbjährigen Hansi und einige Habseligkeiten zu transportieren. Noch ein Problem gab es. Hansi hatte für die geplante Flucht keine Schuhe. In mir erwachte das Verantwortungsgefühl für meinen kleinen Bruder. Ich nahm das Maß ab, suchte in Vaters Musterschachtel und fertigte am Todestag unseres Heilands, am Karfreitag, ein Paar neue Schuhe, Größe 26. Es waren „Allwetterschuhe", wohl etwas zu hoch geraten, aber mein erstes Werk konnte sich sehen lassen. Am Karsamstag, es war der 1. April, wurden wir Kinder zur Auferstehungsfeier geschickt. Mutter verscharrte in der Zwischenzeit einige Habseligkeiten, Vaters Anzüge, einige Liter Schnaps, einige Schinken und einen Kübel Schmalz im Erdreich in der Holzhütte. Darüber wurden Holzscheiter gelegt, um den Suchenden in die Irre zu führen.

Die Auferstehungsfeier war eine reine Trübsal. Die Menschen standen ratlos herum, gibt es überhaupt noch eine Auferstehung von dem schrecklichen Krieg? Die nächsten zwei Wochen liefen einigermaßen ruhig ab. Vater verbrachte die Zeit mit anderen „Getreuen" in den umliegenden Wäldern und anderen Verstecken verborgen, um den SS-

Schergen zu entkommen. Indes kam das Kriegsgeschehen immer näher.

Die Flucht

Seppl musste sich überlegen, wie er seine Familie in Sicherheit bringen konnte. Eine Möglichkeit war die Heimat der ersten Mutter, seiner verstorbenen Frau. Dieser Ort hätte den Vorteil, dass er in der Nähe seines Heimathauses wäre. Er könnte bei Nacht und Nebel, Kuh und Schwein versorgen. Doch die Sicherheit von Frau und Kindern war hier nicht mehr gegeben, die Kampfhandlungen rückten immer näher. Daher hat er in der Heimat der „dritten Mutter“ vorgesprochen, dabei hatte er gleich sein Fahrrad in Sicherheit gebracht. Seine Schwiegereltern boten ihre Hilfe an: „Ihr könnt zu jeder Zeit kommen.“

Als die dritte Mutter frühmorgens aus dem Fenster blickte, sagte Mutter erschrocken: „Vater, die Russen sind da!“ Doch Josef erkannte sie sofort als Volkssturmmänner in SA-Uniformen. Nun war es an der Zeit, das Weite zu suchen. Er konnte sich als geflüchteter Volkssturmkompanieführer keinesfalls mehr sehen lassen. So brach man früh am Morgen auf, das Ziel war Perlsdorf, die Heimat der dritten Mutter. Die Ausrüstung, ein Fahrrad, einige Kleidungsstücke, ein Laib Brot, ein Leiterwagerl zum Ziehen, darin wurde Hansi gebettet, samt den neuen Schuhen. Nach einer halben Stunde Gehzeit musste beim vulgo Kogelbauer Halt gemacht werden, ein Weitergehen wäre zu gefährlich gewesen, fünf Tage dauerte dort der Aufenthalt, der Laib

Brot war aufgegessen. Des Nachts machte Seppl immer wieder zu Hause Nachschau: „Das Haus ist ausgeplündert, die Kuh habe ich von der Kette gelöst, damit sie ihr Futter selber holen kann, wir müssen weiter, ein Zurück ist nicht möglich.“ Mit einem Laib Brot, welches die Familie von dem Bauern bekam, ging es weiter in Richtung Perlsdorf.

Dort angekommen sagte Mutter zu ihrem Vater: „Vater, wir kemmen als Bettler za dir. Dürf ma da bleibn?“ Der groß gewachsene, breitschultrige Mann mit seinen gütigen, ruhigen Augen sagte natürlich Ja. Die Mutter und die vier Mädchen, die Nannerl, die Peppi, die Mitzi, die Reserl und der kleine Hansl fanden im großen Zimmer Platz. In drei Betten und auf dem Boden liegend. Seppl und Sohn Franz schliefen im Vorhaus unter der Bodenstiege. Vor dem Schlafengehen wurde gebetet, besonders die heilige Maria wurde angefleht. Tagsüber half Seppl seinem Schwiegervater beim Bestellen der Felder, es wurden Kartoffeln und Mais ausgepflanzt. Ob die Ernte jemals eingebracht wird? Solche Fragen bewegten die Männer. Für Seppl wurde es gefährlich. Ein SS-Mann kam mit einer Liste, wo auch der Name von Seppl notiert war. Morgen um acht Uhr früh müsse er sich beim SS-Mann X melden. Ein anderer SS-Mann hatte das mitgehört. Er stellte Seppl eine Bestätigung aus, dass er bei der Einheit XY als Sattler beschäftigt sei und unentbehrlich sei. Diese Bestätigung dürfte ihm das Leben gerettet haben.

Wenn der Tag zu Neige ging, schlich sich Seppl auch weiterhin in Richtung Heimat, um nach dem Rechten zu sehen. Trotz Abkürzungen dauerte ein Weg an die zwei Stunden. Im Morgengrauen wartete seine Familie schon ängstlich auf seinen Bericht: „Unser Haus steht noch und der Stall ah. Aus der Tenne stinkt's fürchterlich, entweder sind's gefallene Soldaten, oder es is unserer Kuh wos passiert. Ih hab mih nit zu lang aufholten wolln, wal im Haus woarn Soldaten."

Am 1. Mai 1945 kam die Nachricht aus dem Deutschlandsender, Adolf Hitler sei gefallen. Es dauerte aber noch eine Woche, bis das Ende des Krieges verkündet wurde. Im Tal war eine große Menge russischer Soldaten zu sehen. Viele Bewohner dieses Ortes, hauptsächlich Männer, gingen „Russen schauen", für Frauen wäre diese Neugierde ohnehin nicht ratsam gewesen. Auch Seppl ging Russen schauen, den Warnungen seiner Frau schenkte er keine Beachtung. Seppl trug wie immer Schaftstiefel, die er für sich angefertigt hatte. Ein Russe deutete ihm, mit ins Haus zu kommen. Unter Bedrohung mit einer Maschinenpistole musste er die Stiefel ausziehen, also mit dem Befreier das Schuhwerk tauschen. Da Josef beim Anziehen der eingetauschten Stiefel Schwierigkeiten hatte, nahm der Russe ihm auch noch die Socken weg. Gedemütigt kam er zurück und zeigte stumm auf das Tauschgeschäft, seine Frau meinte: „Host eh nix verlorn ghabt dort!"

Der bange Weg nach Hause

Franz erzählt:

An einem Abend kam ein zwangspensionierter Gendameriebeamter ins Haus nach Perlsdorf. Er vernahm aus unserem Gespräch, dass wir am nächsten Abend heimgehen wollten, um nach den den Krieg überstandenen Dingen zu sehen. Er bot uns seine Hilfe an, für uns allein wäre es nicht ratsam. Also zogen wir anderntags los. Da wir eine mit Russen übersäte Straße queren mussten, gab er uns folgende Anweisung: „Wir warten am Waldrand, bis die Luft halbwegs rein ist, ich gebe ein Zeichen, dann geht ihr los, aber keineswegs umschauen!" Wir befolgten den Rat, passierten anstandslos die Straße und hatten auch schon einige 100 Meter Wiesenweg beschritten. Plötzlich hörten wir eine ohrenbetäubende falsch klingende Musik aus einer steirischen Ziehharmonika aus dem Hinterhalt. Der Erste der umschaute, war der Herr Inspektor, und die Siegertruppe deutete ihm, wir drei müssten zurückkommen und riefen: „Steu!" (Halt). Herr Inspektor sagte: „Wir müssen umkehren, sonst erschießen sie uns noch!" Vater war in Lumpen gehüllt, um einen alten Mann vorzutäuschen. Ich hatte schreckliche Angst, denn die Russen waren in meinen Augen der Inbegriff des Bösen. Sie knöpften sich uns vor, verstanden habe ich kein Wort. Vater und ich wurden zur Seite geschupft, wahrscheinlich wegen unseres erbärmli-

chen Aussehens. Plötzlich rief einer aus der Gruppe der Soldaten: „Seppl wie schauts daheim aus"? Es war der Karl, der bei Kriegsbeginn Bürgermeister war, musste dann aber in den Krieg, daheim starb indes seine Frau. Dieser Mann wollte in der Heimat seiner verstorbenen Frau einen Besuch machen, dabei wurde er von den Russen mitgenommen, bis ihm eine Flucht gelang. Private Heimkehrer halfen sich so, dass sie Werkzeuge, wie Rechen oder Axt mit sich trugen, um als Landarbeiter oder Taglöhner von den Russen eingestuft zu werden. Unser Herr Inspektor wurde nun von den Russen vorgenommen. Die Taschen des Steireranzuges wurden übergestülpt, die Armbinde kam zum Vorschein. Sonst fanden sie nichts. Ein Tritt ins verlängerte Rückgrad zeigte an, dass er nun in Freiheit sei, und wir zogen weiter. Nach einer Zeit meinte der Inspektor: „Jetzt finds schon alleine weiter!"

Auf halbem Weg trafen wir einen entfernten Nachbarn, der das Gleiche vorhatte, nämlich nach Hause zu gehen. Je näher wir unserer Heimat kamen, desto schweigsamer wurde die Gesellschaft, es hatten sich schon mehrere Menschen dazugesellt, die Nerven lagen blank. Dass das Haus des Nachbarn unversehrt war, machte uns wieder Mut, noch hatten wir noch keinen Blickkontakt auf unser Heimathaus. Vater bekam ein Stamperl Schnaps, ich ein Krügel Most, dann ging es weiter. Als wir den Waldweg empor gingen, brachte Vater kein Wort mehr hervor, ich wusste, nun darf ich nichts fragen. Unser Weingarten, mit Gras und Unkraut überwuchert, gab endlich den Blick auf unser Haus frei, Vaters erste Worte: „Es steht!“

Ja, wirklich, Haus und das Wirtschaftsgebäude standen, obwohl arg zerschossen. Das Haus hatte keine einzige Tür, selbige hatten die Soldaten als Unterlagen ihrer Stellungen verwendet. Seppls erster Weg war in den Keller, ob wohl noch ein „Trunk“ vorhanden sei. Zu seiner Überraschung hing dort fein aufgearbeitet ein halbes Schwein, vollkommen frisch. Auch eine Halbe Wein konnte er nun wieder sein Eigen nennen. Das Schwein musste erst am Vortag geschlachtet worden sein, und so gönnten sie sich gleich einen von Seppl zubereiteten Braten und natürlich ein Glas Wein. Der Most, der im Vorjahr recht süß geraten war, war ausgetrunken, der Wein hingegen wurde verschmäht. In der Tenne lag ein Haufen Stroh, die beste Kuh war verendet. Wahrscheinlich war sie auf Futtersuche, dabei dürfte sie von einem Granatsplitter getroffen worden sein.

Seppl und sein Sohn Franz hatten keinen anderen Ausweg, so mussten sie die Kuh an Ort und Stelle vergraben, im harten Lehmboden eine Schinderei. Den Schnaps in der Holzhütte hatte man nicht gefunden, so konnten sie sich an demselbem laben, und alkoholgetränkte Tücher um Nase und Mund binden. Nachdem die beiden einigermaßen Ordnung gemacht hatten, kehrten sie wieder zurück nach Perlsdorf.

Die Brüder

Wieder daheim

Nun, da das Ende des Krieges offiziell bestätigt war, war es an der Zeit, die Zelte in Perlsdorf abzubrechen. Die „Flüchtlinge“ waren dankbar, dass sie so selbstverständlich aufgenommen worden waren. Ein Fahrrad wurde bepackt, Hansi wurde ins Leiterwagerl verfrachtet, die Mädchen blieben noch zurück. Zu Hause gab es jede Menge Arbeit. Die dritte Mutter musste das halbe Schwein verarbeiten, schließlich war es Mitte Mai, der Beginn der warmen Jahreszeit. Der Schmalzkübel, vergraben in der Holzhütte, hatte den Krieg gut überstanden. Das Fleisch wurde gebraten und in Fett eingelegt. Bei Bedarf wurden dann für die Mahlzeiten kleine Stücke herausgenommen. Das Schmalz konnte man aufs Brot streichen. Das war damals, Kühlgeräte gab es keine, die einzige Möglichkeit, Frischfleisch zu konservieren. Das Selchen (Räuchern) war im Sommer nicht ratsam, weil das Fleisch vorher einige Wochen in der Beize liegen muss.

Seppl dengelte die Sense, um damit die Brennesseln, welche rund um das Haus wucherten, zu mähen. Eine notdürftige Haustüre musste angefertigt werden, um den vom Krieg übrig gebliebenen Hausrat vor Räubern zu schützen. Solche gab es viele, sei es aus der Not heraus, oder als bevorzugte Alternative zur Suche nach Arbeit. Wohl blieben die Gebäude von der Feuersbrunst verschont, doch

Einschüsse waren besonders am Dach sichtbar. Ein Zimmerer brachte die Dächer notdürftig wieder in Ordnung. Eines machte der Familie Sorgen, der Stall war leer, eine Kuh, die Milch gab, fehlte.

Von den Eltern der dritten Mutter bekam die Familie eine Kuh geschenkt, somit war eine wichtige Ernährungsgrundlage, die Milch, für die Familie und besonders für Hansl, gesichert. Die Kuh hörte auf den Namen „Blümerl“ und hatte nur gute Eigenschaften. Für die Familie hatte diese Kuh wahrscheinlich den gleichen Stellenwert wie eine „heilige Kuh“ in Indien. Am nächsten Tag machten sich Seppl mit Sohn Franz auf den dreistündigen Weg, um die Kuh und den Rest der Familie, vier Mädchen und Hansi, abzuholen. Eine Woche später wurden aus derselben Gegend zwei „Tuttlfarln“[7] angekauft. Ein Hahn mit seinem Gefolge hatte den Krieg unbeschadet überlebt, Nachwuchs stellte sich ein. Eine Henne kam mit einer stattlichen Anzahl von Küken aus dem Versteck hervor, ein Zeichen, dass die Hoffnung lebte.

[7] Ferkel

Kriegswunden

Die Gebäude von Seppls Familie hatten den Krieg relativ gut überstanden. Andere Familien hatten weniger Glück. Ihre Häuser wurden völlig zerstört. Auch mussten viele Burschen im besten Alter, darunter auch Familienväter, ihr Leben lassen. Der materielle Schaden konnte nach und nach beseitigt werden, viele seelische Narben blieben jedoch wohl ein Leben lang bestehen.

Franz erzählt:

Ich war noch keine zehn Jahre alt, als die ersten Meldungen über den Heldentod der Reihe nach eintrafen. Diese Hiobsbotschaften überbrachte ein Bürgermeister mit dem Spitznamen „Doktor". Es war ein Bauernsohn, der auch standesamtliche Eheschließungen vornahm. Er war es auch, der diese Mitteilungen den hinterbliebenen Familien überbrachte. Seine einstudierte Formel: „Euer Sohn ist für Führer, Volk und Vaterland gefallen, er brauchte nicht leiden, ein Kopfschuss hat ihm den Heldentod gebracht". In der näheren Umgebung hatte der Heldentod elfmal zugeschlagen. Für die Gefallenen wurde sonntags nach Bekanntwerden des Todes eingebetet, so nannte man das Begräbnis ohne Leichnam. Vor der Totenmesse wurde am Kriegerdenkmal eine Heldenehrung mit Kranzniederlegung durchgeführt.

Wirtschaftlich und menschlich besonders schlimm hat es eine Familie getroffen. Franz, der das Schneiderhandwerk erlernt hatte, hatte sich in eine kleine Werkstätte eingerichtet. Das Haus wurde durch Kriegseinwirkung ein Raub der Flammen, ebenso seine Nähmaschine. Ein Bauer stellte für diese Familie sein Kellerstöckel zu Verfügung. Nach Kriegsende konnten die „Abbrandler", so wurden sie genannt, um finanzielle Unterstützung beim Wiederaufbau ansuchen. Das taten alle Geschädigten, auch der Schneider. Die Geschädigten warteten nicht bis die Zusage kam, sonder legten selber Hand an. Auch der Schneider begann nach Schotter zu graben.

Die Nachbarn hatten schon alle die Zusage für die Geldmittel erhalten, doch die Familie des Schneiders dürfte man vergessen haben. Der sonst so gesellige Mensch wurde wortkarg und zurückgezogen. Die Sorge und Verzweiflung dürften ihn dazu bewogen haben, seinem Leben ein Ende zu setzen.

Es ist wohl eine Ironie des Schicksals. Am selben Tag, im März 1950, als man den toten Schneider zu Grabe begleitete, kam der Briefträger mit der Bewilligung, dass die Geldmittel für den Wiederaufbau freigegeben seien.

Aufbruchstimmung

Im Allgemeinen war nach der langen Zeit der Mutlosigkeit eine Aufbruchstimmung spürbar. Es wurden die Felder bestellt. Der Wiederaufbau der zerstörten Gebäude begann. In der Nachbarschaft waren einige Söhne gefallen, andere waren vermisst oder noch in Kriegsgefangenschaft. Um deren Heimkehr wurde gebangt und gebetet. Da Seppl keine Zugtiere besaß – die Kuh Blümerl wäre dabei wohl überfordert gewesen – wurde ein Ochsengespann für das Bestellen der Felder aufgenommen. Ebenso für das Heranschaffen von Baumaterialien. Auch die Schuhmacherwerkstätte musste in Schwung gebracht werden. Das Haus war für die große Familie zu klein geworden. Es bestand aus einem Schlafzimmer, einer Stube, in der auch die Werkstätte untergebracht war, und einer kleinen Küche im Ausmaß von fünf Quadratmetern. In diesem Raum waren außerdem noch ein Kesselofen, der für das Bereiten von Schweinetrank gebraucht wurde, und ein Backofen untergebracht. So wurde ein Zubau geplant. Der Baumeister Leber zeichnete den Plan, und der Bau wurde begonnen. Nach einem Jahr konnte die neue Küche bezogen werden.

Der Meister verstand sein Gewerbe, immer mehr Kunden kamen in die Werkstätte. Arbeitsschuhe oder auch Schuhe für besondere Anlässe, wie Hochzeiten, wurden hergestellt. In guten Zeiten beschäftigte er einen Gesellen und zwei Lehrlinge. Für das Bearbeiten der Landwirtschaft blieb wenig Zeit, besonders im Herbst und im Frühjahr. So fanden am Hof Taglöhner Arbeit. Taglöhner standen viele zu Verfügung, die Bezahlung stimmte, und die Verpflegung ebenso. So hatte Seppl kein Problem, Arbeiter zu bekommen. Wenn ein Kunde sich schwer tat, die neuen Schuhe zu bezahlen, so konnte dieser die Schuld „abdienen“, ebenso bei Reparaturarbeiten. Zum Staudenhacken oder zum Streurechen wurde Resl aus dem Nachbarsdorf geholt, zum Holzspalten der Wagnervater.

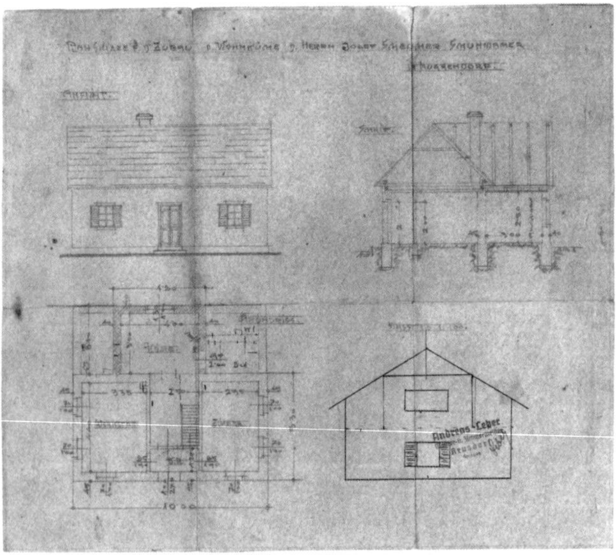

Der Magerseppl

Für schwere Arbeiten wurde der „Magerseppl“, so sein Spitzname, gerufen. Beim Weingartenhauen im Frühjahr, beim Holzspalten war er in Aktion. Aber auch wenn eine fette Sau zu schlachten war, wurde er zum Einsatz gerufen. Er war um die dreißig, hatte breite Schultern und war arbeitswillig. Magerseppl wurde er genannt, weil zu Haus das Essen knapp war und er nicht in der Lage war, seinen Hunger zu stillen. Noch dazu musste er Frau und Kind ernähren. Sein Besitz reichte kaum, um ein Schwein, eine Ziege und eine Kuh zu ernähren. Das Heizmaterial holte er sich aus den Wäldern der Bauern. Es war Abfallholz, „Klaubholz“ genannt, die Zustimmung der Bauern vorausgesetzt. Das Regiment führte zu Hause seine Frau, die für die damalige Zeit einer für das weibliche Volk seltenen Leidenschaft frönte, sie rauchte. In der Gegend wusste man um diesen Umstand, so bauten sie den Taglöhner auf, doch zu Hause einmal Ordnung zu schaffen und zu zeigen, wer der Herr im Hause war. Es gehe ja nicht an, dass sein Weib sein sauer verdientes Geld in die Luft blase. Um seinen Mut zu steigern, langte er nach der Arbeit öfters nach dem Krug. Der Taglöhner erzählte auch großspurig, wie er bei einer Gräfin gearbeitet und diese ihm das Du-Wort angeboten habe. Übrigens sei das die Schlossherrin vom Weingut Klöch gewesen sein. „Du“ ist ein Ehrenwort – „Sie“ is a „Eselfuatz“, so die Aussage der Gräfin.

Der Meister und die Schuhmachergesellen verstanden es, den Magerseppl in seinem Vorhaben zu bestärken, zu Hause den Spieß umzudrehen, das Kommando doch an sich zu reißen, in dem sie ihm immer wieder den Krug zum Trunke reichten. So ging er heimzu, um den Ordnungsruf zu tätigen. Doch dazu kam es nicht. Seine Frau, des Wartens auf seine Heimkehr überdrüssig, langte auch öfters nach dem Krug. So schnell er im Haus war, so schnell war er wieder draußen, Rock und Hut folgten mit Schimpf und Schelte.

Schuhmacher waren an Einfällen reich, wenn es galt einen Menschen auf den Arm zu nehmen oder einen Streich zu spielen. Es war um „Pauli Bekehr“, Ende Jänner, kurz vor dem Fest Maria Lichtmess. Zu diesem Zeitpunkt sollte noch die Hälfte an Futtervorräten vorhanden sein, denn vor Mai war kaum mit dem ersten Grasschnitt zu rechnen. Der Keuschler bekam von Meister Josef den Auftrag, Holz zu spalten. Beim Mittagessen erzählte er, dass seine Tiere einen unheimlichen Appetit an den Tag legten und es am Heuboden ziemlich hell werde, er meinte, er werde wohl damit, bis das Gras wächst, nicht auskommen. Als es Abend wurde, war das Holz gehackt. Der Taglöhner hat gute Arbeit geleistet, dafür sollte er besonders belohnt werden. Als „Aufbesserung“ zu seinem Tageslohn bekam er einen „Streubogen“, vollgestopft mit Heu. Bedingung war, Magerseppl musste das Geschenk alleine auf den Rücken nach Hause tragen. Der Taglöhner zeigte sich erfreut. Mit dieser Tat würde er bei seiner Frau wieder einmal für sich einen Stein im Brett finden. Der Geselle und ein Lehrbub befüllten den Streubogen, das Heu wurde mit Füßen getreten. Um das nötige Gewicht zu erhalten, wurden sicherheitshalber noch einige Steine beigegeben. Beim Beladen des Rückens bekam er Unterstützung, dann war er auf sich allein gestellt. Eine halben Kilometer zu Fuß hatte er vor sich, die Ladung dürfte schon gute 60 Kilogramm gewogen haben. Als der Magerseppl außer Hörweite war, meinte Seppl mit einem Lächeln: „Wann du ah nur a kloans bissl dumm bist, bleibst a armer Teufl, dei Lebm lang!“

Auf der Stör

Obwohl die meisten Kunden wussten, dass man den „Schuastern“ bei weitem nicht alles glauben durfte, scharten sie trotzdem Zuhörer um sich. „Schuaster, weißt nix Neues?“, so wurde der Meister aufgefordert. Im Winter gab es dazu gute Gelegenheit. Bauern hatten meistens Material auf dem Dachboden verwahrt. Schweine oder Kuhhäute wurden bei der Ledergerberei zu Leder verarbeitet. Der Schuhmacher kam dann ins Haus, um das Maß zu nehmen, meistens war das ein größerer Auftrag, je nachdem, wie groß die Familie war. Die Oberteile wurden in der Werkstätte hergestellt, denn die Nähmaschinen waren einerseits empfindliche Geräte und andererseits nur schwer zu transportieren. Da die Schuhmacher verköstigt wurden, ersparten sich die Auftraggeber einiges Geld. In der Stube, neben dem Fenster, bekamen sie einen Platz, um das Tageslicht zu nützen. Als Werkbank diente eine Bank, die Stube war meistens ausgefüllt, da auch Nachbarn anwesend waren, um dem „Schuasterschmäh“ zu lauschen, letzteres verstand Josef der Schuhmacher hervorragend.

Franz erzählt:

Ich war etwas über zehn Jahre alt, als Vater zu mir sagte: „Morgen bleibst va der Schul dahoam. Ich nimm dih af die Stör mit, zan Muggendorfer Bäck. Dort gibt's neubochne Semmln.“ Ich freute mich, denn eine Semmel war schon lange nicht mehr in meinem Magen. Denn nach dem Krieg hatten die meisten jungen Leute bezüglich Essen einen Nachholbedarf.

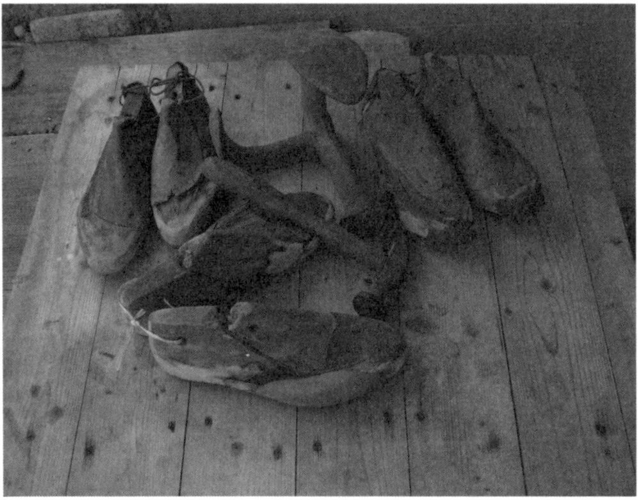

Als wir mit der Zeugtasche am Rücken beim Hof ankamen, wusste ich gleich, dass ich Vaters Schmäh aufgesessen war. Ich vermisste den Geruch von frischen Semmeln, von einer Backstube war auch nichts zu merken. Der nächste Streich kam zugleich. Vater: Wann du afs Häusl muasst, do ja schön die Tür zur mochen, da Bäcker is a genauer Vetter!" Neugierig gemacht, suchte ich gleich das stille Örtchen auf. Die Türe brauchte ich nicht zu öffnen, auch nicht zu verschließen, da keine dar war. Als Sitzbrett fungierte eine umge-

stürzte Hühnersteige. Als ich zurück ins Haus kam, hatte Vater die Werkstatt schon aufgeschlagen. Vater sah mich schelmenhaft an, ich hatte wieder etwas dazugelernt.

Das nächste Mal durfte ich schon bei einer größeren Stör mitmachen, beim Schober vulgo Kristandl. Die Bäuerin war eine gute Frau, die ein besonders gutes Essen, für alle ausreichend, auftischte. Das war alles andere als selbstverständlich, Kraut gab es überall ausreichend, beim Fleisch wurde gespart. Der Bauer war ein eigenwilliger Mann, der viel zu erzählen wusste, mein Vater widersprach ihn nie. Diese Übereinstimmung führte wahrscheinlich zu folgendem Entschluss: „Heut Nochmittog muaß ich gehr Weintgehn (zum Weingarten gehen) und ihr zwoa Schuaster geht's mit." So machten wir uns auf den Weg zum Rosenberg, dort hatte Schober einen Weingarten und einen Keller. Nach einer Dreiviertelstunde waren wir dort. Der Bauer packte seinen Rucksack aus, aus diesem quollen nur so Schinken, Speck, und vor allem ein großes Stück vom Meisterbratl und frisches Bauernbrot. Ja und „Edelwein" aus dem Keller. Wir aßen und tranken bis spät in die Nacht hinein. Beim Nachhauseweg, Vater zeigte schon ein leichtes Wanken, sagte er zu mir: „ Bua, dos merkst dir guat, ba unsern Gschäft erlebt ma viel, dahoam soll ma aber gscheiter nix erzähln!"

Zur damaligen Zeit gab es strenge Winter, von November bis Ende März gab es Schnee. Manche wollten sich Eindrücke vom Frühjahr und Sommer ins Haus holen. So wurden Singvögel gefangen, in einen Käfig gegeben und in der Stube an die Wand gehängt. Diese sollten mit ihrem Gesang den dunklen Winteralltag aufhellen. Ein Bauer, sein Name Bachler, bei dem die Schuhmacher auf der Stör waren, hatte einen besonderen Vogel, einen Wellensittich. Bauer konnte man Bachler eigentlich nicht nennen, er war mehr ein Angebertyp, meistens besser gekleidet. Er kam jenseits vom Berg, aus dem „Steintal". Es war eine Witwe, deren Mann im Krieg sein Leben lassen musste, bei ihr versuchte er sein Glück. Während des Krieges wurden für die Arbeit in der Landwirtschaft Kriegsgefangene eingesetzt. Dem Betrieb der Witwe wurde ein Soldat aus England zugeteilt. Dieser sorgte sich nicht nur um den Hof, sein Auge galt auch der Bäuerin. War es Liebe oder Leidenschaft oder beides? Jedenfalls, als der Krieg zu Ende war, war der kleine Engländer da, und der große Engländer weg. So schloss Bachler mit der besagten Bäuerin den Bund der Ehe. Nachbarn meinten, dass er sich den Wellensittich ersparen könne, da er selber einen im Hirnkastl habe. Wenn die Katzen aus dem Haus waren, hatte der Sittich Freiheit, er durfte in der Stube seine Flugübungen machen. Vielleicht war es ein Missgeschick, oder es wollten die Schuhmacher einen Streich spielen. Das Fenster war offen, und der Vogel war weg. Verständlich, dass der Bauer auf die Schuster nicht gut zu sprechen war.

Einige Tage danach waren der Meister und sein Geselle in der Gegend in Arbeit, wo der Vogelfreund sein ehemaliges Zuhause hatte. Wie es so üblich war, fragten die Hausleute: „Unser Nachbar hat ja vor Kurzen euer Seitn hin gheirat't, mit dem werds wos mitmachen, der hat ja an Vogl!" „Jetzt nit mehr, der is gestern fortgflogn", so der Meister.

Meister und Geselle

Franz hatte bei seinem Vater das Schuhmacherhandwerk erlernt, nun war er Geselle. Von Natur aus waren beide, Vater und Sohn, aus demselben Holz geschnitzt. Miteinander sprachen die beiden nur wenig. Die Gespräche beschränkten sich großteils auf das Fachliche, wenn sie Arbeiten von Konkurrenzbetrieben in die Hand bekamen. Zu einem Streit kam es nie. Der Geselle hat im jugendlichen Übermut manchen Streich gespielt. Streiche, die nicht nur ein gerichtliches Nachspiel hatten, sondern auch ins Geld gingen. Die Reaktion vom Meister: „Sowas tuat ma nit!“ Mit diesen Worten war die Sache abgetan.

Besonders für Kinder war es ein Erlebnis, wenn die Schuhmacher bei den Bauern auf Stör waren. Oft standen sie um die Werkbank herum und schauten den Handwerkern bei der Arbeit zu. Sie fragten, wie das eine oder das andere Werkzeug wohl heiße und wofür es benötigt werde. Als ein Bub doch etwas zu lästig wurde, strich man dem Jungen die Fußsohlen mit Schwärze an und hielt diese an die Stubendecke. Deutlich sah man am Plafond die Konturen der kleinen Füße. Als der Bauer es am Abend bemerkte, war dieser sehr verwundert, wie der Bub da oben habe gehen können.

Ein Besuch, der in regelmäßigen Abständen in der Werkstatt auftauchte, wurde zur Belastung. Sein

Name war Nero, er stammte aus einer Bernhardinerfamilie vom Nachbardorf. Er war Menschen gegenüber gutmütig. Sein Begehren galt Katzen und Hühnern. Die Schuhmacher nützten die Menschenfreundlichkeit von Nero, machten ihm eine Halskette aus leeren Blechdosen und banden sie dem Hund um den Hals. Dasselbe machten sie auch mit dem Schwanz. Eine Prise Pfeffer an einer gewissen Stelle, und los ging es den Berg hinunter. Durch den Lärm aufgeschreckt, schlug die Frau vom Franzbauern die Hände zusammen: „Jesus Maria, Franzn kimm her, do kimmt as wülde Gjoad![8]“

Für Nero war diese Aktion eine Lehre für den Rest seines Lebens, der Besuch beim Schuhmacher war aus seinem Programm gestrichen.

---

[8] Wilde Jagd: Sage mit lärmenden Geistern am Himmel.

Von Herz zu Herz

Achtzehn Jahre war er nun alt, Franz, der Sohn von Seppl, die Lehre hatte er hinter sich. Somit war er Schuhmacher und kein Schuster. Auf diese Unterscheidung legte er besonderen Wert. Der Ausdruck Schuster wurde auch für jene Personen angewendet, die nie ein Handwerk erlernt haben oder schlampig etwas „zusammenschuastern!“

Franz ging auf „Spurensuche“, seine Spur führte gegen Norden. Immer wieder ging er dieser Spur nach, die schließlich bei einem Mädchen mit Namen Mitzi endete. Der Weg dorthin führte durch Buchen- und Fichtenwälder. War es die Sehnsucht oder Langeweile, die Buchen und Fichten waren besonders dazu geeignet, Motive in die Rinde zu schnitzen. Meistens waren es Herzen, die entstanden, lebende Zeugen der Liebe sozusagen. Herzen mit zwei Buchstaben, Herzen mit einem Schwert durchbohrt, oder Herzen mit dem Namen des Ortes, wo die angebetete ihre Liegestatt hatte. Zuerst ging es zu Fuß, bald nahm er das Fahrrad zu Hilfe. Noch bevor die beiden heirateten, kam der kleine Franzl zur Welt. Die dritte Mutter war entsetzt. Obwohl Mutter Kinder über alles liebte, so war doch gegenüber dem „ledigen Kind“ eine Distanz zu merken. Damals war, in den Augen vieler Menschen, so ein Kind „in Sünde“ entstanden. Diese Ansicht teilten sie mit vielen Kirchenvertretern.

Mutter fragte wohl manchmal, wie es dem Kleinen gehe. Anscheinend brachte sie es nicht übers Herz, dem kleinen Franzerl einen Besuch zu machen. So ergriff der junge Vater die Initiative. Es war am Muttertag, sein Sohn war zwei Jahre alt. Mit dem Fahrrad und einigen Geschenken machten sich Vater und Sohn auf den Weg zur Großmutter, auch ein Gedicht wurde verfasst.

Liebe Großmutter!

Mit Vati komm ich heut zu dir

zum Muttertag wollen gratulieren wir.

Vati meint, du keine rechte Freude an mir hast

weil meine Mutti mich ohne Hochzeit zur Welt gebracht.

Aber schau, ich bin ja noch so klein

gerade deshalb möchte ich in dein Herz hinein.

Eine Stange Wurst liebst du am meisten ich denk

und Mutti kaufte noch ein Kleid als Geschenk.

Blumen habe ich auch gepflückt, rote und weiße,

so bitte ich dich ganz leise

Liebes Großmütterlein, ich bitte dich

Liebe mich!

Dein Franzl.

Das Gedicht hatte seine Wirkung nicht verfehlt, bald hat sie ihren Enkel ins Herz geschlossen. Auch in späteren Jahren wurde auf den Muttertag nicht vergessen. Als Franz und Mitzi verheiratet waren, war die Welt für sie wieder in Ordnung. Bei verschiedenen Anlässen war Mutter zu Gast.

Alle Jahre wieder

Resi, so ihr Vorname, war eine Nichte von Anna, der ersten Frau von Meister Josef, dem Schuhmacher. Annas Vater wurde dreimal Witwer, war also viermal verheiratet. Alle seine Frauen waren im gebärfähigen Alter. Da kleine Bauern oder Taglöhner nicht in der Lage waren, so viele hungrige Münder zu versorgen, wurden Kinder auf verwandte oder kinderlose Familien verteilt, und das in die verschiedensten Himmelsrichtungen. Das hatte manchmal zur Folge, dass sich die Geschwister kaum sahen und sich mit der Zeit fremd wurden. Eine Schwester von Anna kam in die Stadt Graz und wurde in einer Familie Haushälterin. In dieser Stadt lernte sie ihren Mann kennen. Ein Jahr nach der Hochzeit kam Resi zur Welt. Sie wuchs bis zum Schulanfang bei ihrer Tante in Poppendorf auf. Von Zeit zu Zeit kam Resi zu der Bürgerfamilie in der Stadt auf Besuch. Diese Herrschaften erkannten bald die Fähigkeiten des Kindes, Resi kam in die Bürgerschule. Sie war pflichtbewusst und ehrgeizig. Nach der Pflichtschule kam sie in die Mittelschule und danach in die Lehrerbildungsanstalt, sie wurde Volksschullehrerin. Die Ausbildung bezahlte diese Bürgerfamilie. Resi bekam eine Anstellung in der Obersteiermark. Die „Erstklassler" wurden ihr anvertraut. Dieser Beruf erfüllte sie mit Freude, obwohl sie mit den Kindern viel Nachsicht an den Tag legen musste. Es waren durchwegs Kinder von Bergbauern. Für manche

Kinder dauerte der Weg zur Schule bis zu zwei Stunden. Manche Schüler verspielten sich unterwegs, so dass sie erst in der Schule eintrafen, als der Unterricht schon zu Ende war und die Schüler schon den Heimweg antraten. Durch die mütterliche Art gewann die junge Lehrerin bald das Vertrauen der Kinder und deren Eltern. Friedrich, ein Arbeiter im Gussstahlwerk Judenburg kam in ihr Leben, bald wurde Hochzeit gefeiert. Friedrich war verwitwet. Drei Mädchen stellten sich ein, das Familienglück schien perfekt zu sein. Nach einigen Jahren war Resi mit ihren Kindern allein, ihr Mann hatte sie verlassen. Doch das Leben ging weiter, war sie doch umgeben von dankbaren Menschen, Kindern und deren Eltern. Vielleicht war es die feuchte Wohnung aus ihrer Kinderzeit, oder war es die raue Luft in der Obersteiermark, die ihre Bronchitis wieder aufflammen ließ. Von ihrem Arzt wurde ihr ein jährlicher Kuraufenthalt in Bad Gleichenberg empfohlen. In den Sommerferien, im Monat August, trat sie die Kur an. Da der Kurort in der Nähe des Heimathauses ihrer Vorfahren war, konnte sie auch ihre drei Kinder mitnehmen. Sie waren bei ihrer Cousine untergebracht. Diese Gelegenheit nützte Resi auch, um Josef, dem früheren Gatten ihrer Tante Anna, einen Besuch abzustatten, meistens war es am Feiertag, dem 15. August. Seppl meinte: „Des ist so sicher wia Weihnachten." Jahr für Jahr wurde das Zeremoniell wiederholt. Als Jause bekam die Besucherschar eine Schüssel mit Salat und Selchfleisch serviert, zum Trinken gab es Most und Wasser, auch das gehörte zum Zeremoniell. Zum Nachtisch gab es Hirschhornkrapfen.

Resi konnte die Lehrerin auch in den Ferien nicht ablegen. Kleine Geschenke waren eine Selbstverständlichkeit. Ihre Sorge galt den Kindern von Josef, sie erkundigte sich über Schulerfolge. Außerdem war sie in Sorge, ob die Stiefmutter (Mutter III) wohl ihrer Sorgfaltspflicht nachkam. Sie wollte einen Blick nach der Unterwäsche richten. Der Stiefmutter gefiel diese Art des Misstrauens überhaupt nicht, für sie war es selbstverständlich, zwischen den eigenen und den Stiefkindern keinen Unterschied zu machen. Ihre Töchter wurden erwachsen, die Lehrerin ging in den Ruhestand, die Besuche wurden seltener.

In ihrem Ort der Wirkungsstätte, in St. Peter ob Judenburg, wurde sie geachtet und geliebt. Stolz war sie auf ihre Schüler, denen sie als Lehrerin eine wichtige Grundlage zur Bewältigung des Lebens mitgegeben hat. Auf einen Schüler war sie besonders stolz. Einer, der den Schritt in die hohe Politik gewagt und es zu Ministerehren gebracht hatte, ja sogar Vizekanzler war er, sein Name ist Josef Riegler.

Wieder vergingen Jahre. Mit der Bronchitis konnte sie leben, doch eine andere unheilbare Krankheit stellte sich ein. Es kam ein Anruf von Resis Schwiegersohn. Die Mutter liege in Krankenhaus und kämpfe mit dem Tod. Im Halbschlaf fragte sie immer wieder nach ihren Verwandten in der Oststeiermark, die sie so oft besucht hatte. Der Tod wäre wohl die Erlösung, doch er habe das Gefühl, dass sie mit dem Sterben warte, vielleicht wollte sie sich verabschieden. Eine Tochter und zwei Söhne von Josef besuchten die totkranke Resi. Sie war von Zweifeln geplagt: „Mich holt der Teufel“, fantasierte sie. Der Besuch aus der Oststeiermark versuchte zu beruhigen: „Resi, du hast in deinem Leben so viel Gutes getan, du brauchst keine Angst zu haben!“ Dann das Abschiednehmen, einige Stunden darauf ist sie ruhig eingeschlafen, wie uns gesagt wurde, eingeschlafen für immer.

Das Begräbnis war eine Kundgebung, der ganze Ort war auf den Beinen. Menschen aus den entlegenen Bergbauernfamilien wiesen der Frau Schulrat die Ehre, um ihr Wertschätzung und Dankbarkeit zu bezeugen. „Kommen und gehen“, diesmal war „Gehen“ angesagt.

Schuster bleib bei deinen Leisten

Dieses oft gebrauchte Sprichwort sagt aus, dass man seiner „Profession“, dem erlernten Beruf, treu bleiben soll. Aber was machen, wenn die Kunden ausbleiben? Was machen, wenn wohl Leisten zur Verfügung stehen, aber das Material fehlt?

Der Sohn von Seppl hatte in der Nachbarsgemeinde ein Wohnhaus mit einer Schuhmacherwerkstätte errichtet. Der gegenwärtige Betrieb war zu klein geworden, um die Lebensgrundlage für zwei Generationen zu gewährleisten. Das alles geschah natürlich in Absprache mit seinem Vater, er legte sozusagen den Grundstein, indem er eine LKW-Ladung Grundsteine bezahlte. Auch zur damaligen Zeit war es nicht ganz einfach, eine Gewerbeberechtigung zu bekommen. Seitens der Gewerbekammer wurde geraten, den Betrieb von Seppl in die neue Werkstätte zu verlegen. Doch mit diesem Vorschlag hatte der alte Meister keine rechte Freude. Seppl war wohl auch etwas eifersüchtig auf seinen Sohn. Franz hatte in den Sommermonaten im nahe gelegenen Kurort bei einem modernen Betrieb neue Arbeitsmethoden kennen gelernt, um modegerechtes Schuhwerk zu erzeugen. Denn die Schuhe aus der Fabrik waren eine echte Konkurrenz, es lag also in der Natur der Sache, dass Kunden sich immer öfter vom jungen Meister beraten ließen. Wenn der Junge weg ist, wird er wieder als „der Meister“ anerkannt werden. Diese Überlegung dürfte sich in seinem Kopf abgespielt haben, doch es kam anders.

Der junge Meister hatte sich eine Maschine angeschafft. Diese war eine große Hilfe beim Herstellen und Reparieren von Schuhen, eine „Ausputzmaschine". Das Raspeln und Feilen von Materialien, wie Sohle oder Gummi, das früher händisch gemacht wurde, ging jetzt maschinell. Seppl war von der neuzeitigen Errungenschaft begeistert. Mit dem jungen Meister übersiedelte auch diese Maschine in die neue Werkstätte. Eine Maschine fehlte noch, eine Nähmaschine. Zwei Nähmaschinen duften in keiner Schuhmacherwerkstätte fehlen. Eine nannte man „Linksarmnähmaschine"; diese wurde zum Fertigen neuer Schuhe gebraucht. Die andere nannte man Hohlmaschine, mit dieser wurden Reparaturarbeiten erledigt. Letztere fehlte dem jungen Meister noch. In derselben Gemeinde, wo Seppl seine Werkstätte hatte, war auch ein anderer Schuhmacher. Dieser hatte die Absicht, altersbedingt sein Handwerk an den Nagel zu hängen. So suchten Vater und Sohn diese Werkstätte auf. Sie wurden bald handelseins. Mit einem Kuhgespann wurde die Nähmaschine abgeholt. Seppl gab seinem Sohn folgenden Rat: „A Nähmaschin ist wia a Frau. Wann sie spinnt, lass sie oan' Tag in Rua, dann pariern alle zwoa wieder, Frau und Maschin!" Die notwendige Einrichtung war beisammen, der Neueröffnung stand nichts mehr im Wege. Angekündigt wurde die Eröffnung mit einer Plakataktion. Ein Plakat zierte auch einen Baum, der unmittelbar neben Seppls Werkstätte wuchs. „Das hätt er nit notwendig gehabt“ meinte er und versuchte, seinen Ärger zu unterdrücken.

Der Meister als Taglöhner

In der Werkstätte vom Seppl war es still geworden. Die Maschine machte keinen Lärm mehr, auch blieben die Kunden aus. Der Grund dafür war einerseits, dass die Kunden dem jungen Meister mehr Vertrauen schenkten, andererseits plagte Seppl eine Krankheit. Das Verrichten der kleinsten Not wurde plötzlich zur größten. Ein mehrwöchiger Krankenhausaufenthalt war notwendig. Danach begann die Rekonvaleszenz, was auch wieder einige Wochen in Anspruch nahm. Für Selbstständige gab es kein Krankengeld, auch kein Stempelgeld. Die Gebühren an das Finanzamt waren fällig, ebenso die Beiträge an die Sozialversicherung. Die Einkünfte aus der Landwirtschaft, sieben Joch Grund, zwei Kühe und einige Schweine, reichten nicht aus, um das Auslangen zu finden. Schließlich musste Seppl bis zum 65. Lebensjahr noch Beiträge leisten, und das waren noch sieben Jahre. Es gab zwei Möglichkeiten, die Situation zu verbessern, die Töchter in die Arbeit zu schicken, so dass sie zumindest für ihren Lebensunterhalt sorgen können. Am Lande gab es allerdings für Mädchen kaum Arbeit, und sie in die Stadt zu schicken war Mutter nicht recht. Die Töchter sollten so lange zu Hause bleiben, bis sie im heiratsfähigen Alter waren. Mutter wollte ihre Töchter bei sich haben. So entschied sich Seppl für die zweite Möglichkeit. Er bot den Bauern seine Hilfe an.

Das war nicht so einfach, obwohl Seppl mit der Arbeit in der Landwirtschaft vertraut war. Nach und nach setzte sich bei den größeren Bauernhöfen die Mechanisierung durch. Traktorengeräusch war da und dort zu hören, da und dort kamen auch Mähdrescher zum Einsatz. Händische Arbeit war nicht mehr gefragt.

In der Nachbarsgemeinde war die „Spedl Miatzl", eine allein stehende, betagte Bäuerin. Miatzl hatte den Anschluss an das moderne Zeitalter versäumt, sie setzte auf Handarbeit. Da sah Seppl die Gelegenheit, um etwas Geld auf seinen Hof zu bringen. Er übernahm mit seinen Familienmitgliedern Arbeiten wie den Getreideschnitt oder die Heuernte. Miatzl bezahlte gut, das Essen allerdings war miserabel. Beim Betreten der Küche stieg einem schon der beißende Geruch des verdorbenen Fleisches in die Nase, in der Suppe schwammen jede Menge Maden. Man konnte sich nur so retten, dass man sich auf das Essen von Brot beschränkte, sowie mit der Einstellung; „Geld stinkt nicht!" Etwas mitleidig schauten manche Menschen auf den „Schuaster", der sich plötzlich auf so niedriges Niveau begab. Das verdiente Geld wurde auf die Familienmitglieder aufgeteilt.

Die Werkstätte von seinem Sohn ging gut, Seppl musste sogar an manchen Tagen aushelfen. So kann sich das Blatt wenden: Zuerst ist der Lehrbub vom Meister abhängig. Später dann als nunmehr junger Meister übertrifft er schon seinen alten

Lehrmeister. Manchmal verirrte sich auch ein Kunde in die Werkstätte von Seppl, um altes Schuhwerk wieder auf Vordermann zu bringen. Das dazu notwendige Material bekam er von seinem Sohn geschenkt.

Um die Jahre bis zur Pensionierung zu überbrücken, wurden Äcker und Wiesenflächen gepachtet. Ein moderner Schweinestall, „Sauhaus" genannt, wurde errichtet. Darin war Platz für zwei Muttersauen und für zehn Mastschweine. Das neu errichtete Gebäude war auf schlechtem Grund gebaut, ein Erdrutsch zerstörte das neue Bauwerk. Jetzt erst besann man sich, dass an jener Stelle einst das Wohnhaus stand, das ebenfalls durch einen Erdrutsch zerstört worden war.

In Rente

Seppl war 65 Jahre alt, als er den Pensionsantrag eingereicht hat. Nach einigen Monaten wurde dem Antrag stattgegeben, 1000 Schilling waren es im Monat. Nun konnte sich Seppl auch sein sonntägliches Gulasch wieder leisten, seinen Anteil an der Landwirtschaft hat er seiner Frau übergeben, die Landwirtschaft wurde weiterhin betrieben. Seppl liebäugelte mit der Idee, einen gebrauchten Traktor zu erwerben, doch dazu sollte es nicht mehr kommen.

Es dürfte eine Herzschwäche gewesen sein oder der hohe Blutdruck, der ihm zu Schaffen machte. Er besuchte wohl gelegentlich den Arzt. Die Medikamente allerdings hat er nicht eingenommen, sondern „entsorgt". Im Obstgarten, unweit vom Wohnhaus war ein Strauch, es war ein Buchsbaum, in dessen Schatten nahmen die Hühner gerne ein Bad, dort landete die Medizin.

Es war am 1. Dezember, Seppl stand im 69. Lebensjahr, als er hinüberschlief in die Ewigkeit. Es war auch der Tag, an dem der Briefträger die monatliche Rente bringen sollte. Doch diesmal ging der Postbote am Haus vorbei. Die Rente wurde damals im Voraus ausbezahlt, somit ging sie zurück an die Pensionsversicherungsanstalt.

Franz erzählt:

Der erste Dezember 1966 ist ein Tag, der wegen eines Ereignisses, das ans Überirdische grenzt, nie aus meinem Leben zu verdrängen sein wird. Am Vortag arbeitete ich wie gewohnt – in dieser Zeit des Jahres ist bei meinem Handwerk Hochsaison – meine Gattin hatte schon einige Tage wegen eines grippalen Infektes das Bett gehütet. Da sich auch bei mir eine Verkühlung ankündigte, ging ich früher als üblich zu Bett.

Ich bin ganz sicher, dass ich vor dem Schlafengehen die Eingangstür zumachte, ob ich sie abschloss, kann ich nicht bestätigen. Während ich schlief, hörte meine Frau aus der Gegenseite des Straßenzuganges einen Menschen auf unser Haus zugehen. Sie glaubte, die Schritte meines Vaters zu erkennen, dessen Gang etwas Schwerfälliges an sich hatte. Sie glaubte auch, dass der Unbekannte die Türklinke betätigt hatte. Da meine Frau meinen tiefen Schlaf nicht stören wollte, vergaß sie im Halbschlaf auf diese Begebenheit.

Als ich am nächsten Morgen zeitig aufstand, um meiner Arbeit nachzugehen, blieb mir fast der Verstand stehen, die Haustür war offen, die Dezemberkälte hatte Werkstatt und Küche zu einer Eisgrube gemacht.

Ich arbeitete schon seit zwei Stunden, da kam mein Bruder mit dem Motorrad, vom Fenster aus vermisste ich schon sein übliches Lächeln. Im Haus angekommen vermeldete er mir mit tränenerstickter Stimme: „Unser Vater ist tot, heute früh haben wir ihn im Bett leblos aufgefunden."

Ich hatte es nie geglaubt, wenn Menschen erzählten, dass sich Menschen, bevor sie den Schritt in die Ewigkeit setzen, sich abmelden, nun habe ich meine Meinung etwas geändert. Eine Woche vor seinem Tod besuchte Vater den Sonntagsgottesdienst, in den darauf folgenden Tagen besuchte er noch seine Kinder, die schon außer Haus waren. Was bewegt einen kränklichen Menschen, mitten im Winter, zu Fuß einen mehrere Kilometer weiten Fußmarsch zu bewältigen?

Am Sterbetag von Vater war tiefer Winter, doch dann kam der Föhn. Der Schnee war geschmolzen, als der Vater mit den Klängen des „Guten Kameraden" begraben wurde.

Auch wurden die Medikamente sichtbar, unter dem Buchsbaum, sie hatten ihre Wirkung verfehlt.

Nun, der Kuraufenthalt von Hans ging zu Ende. Mit dem Tod des Vaters endet diese Familiengeschichte – aber nur im Buch. Das Leben geht weiter. Nach einigen Jahrzehnten wird man auf ein neues Kapitel in der Geschichte dieser Großfamilie zurückblicken können, für Nachkommen ist jedenfalls gesorgt. Immerhin ist jetzt die neunte Generation am Zug.

Mein Wunsch: Dass sich so schlimme Zeiten nicht wiederholen mögen und dass die Familienmitglieder auch in Zukunft von Generation zu Generation einander so stützen und achten, wie es ihre Vorfahren getan haben.

ENDE

Zum Autor

Johann Scheucher, geboren 1943 in Muggendorf, Gemeinde Stainz bei Straden.
Adresse: 8345 Straden, Muggendorf 123
Telefon: 03473 / 7994
Email: johann.scheucher@aon.at

Mitglied beim Bund Steirischer Heimatdichter und beim Heimatkundeverein Feldbach.

Literarische Arbeiten: Aus eigener Feder (1993), Landleben (1998), Der Franzbauer (2003), Kochen und Backen in Stainz bei Straden (2005), Resl, Lebensweg einer Keuschlerin (2006), Es war einmal… (2008). Der Träumer (2009).

Quellenachweis:

Umschlaggestaltung: Josef Lackner, Marktl

Fotos: Lenz, Ettl, Trummer, Scheucher

Franz Scheucher: Der letzte Schumacher erzählt, 1983. Menschen, Schicksale und Anekdoten, 1984.

Unsere Wochenzeitung